UNA NAVIDAD ESCOCESA

Mónica Gutiérrez

Papel certificado por el Forest Stewardship Council®

MIXTO
Papel | Apoyando la silvicultura responsable
FSC® C117695

Penguin Random House Grupo Editorial

Primera edición: noviembre de 2023

Printed in Spain – Impreso en España

ISBN: 978-84-666-7697-7
Depósito legal: B-15.623-2023

Compuesto en Llibresimes

Impreso en Rotoprint by Domingo, S.L.
Castellar del Vallès (Barcelona)

BS 7 6 9 7 7

La gente que niega la existencia de los dragones
suele acabar devorada por uno. Desde dentro.

Ursula K. Le Guin

UNA NAVIDAD ESCOCESA

UNO

A tres kilómetros al sur de Stonehaven, las ruinas de lo que un día fue Dunnottar Castle, escenario de una película de *Hamlet* y otra de Disney, parecen a punto de caer por un acantilado sobre el mar del Norte. Por suerte para ti, querido sucesor, encontrarás su ficha en el tercer cajón del primer archivador, en la letra D de «Algo huele a podrido en Dinamarca». Mis huesos te lo agradecerán eternamente si a tu marcha de The Crow esas ruinas extraordinarias siguen al pie de su acantilado. No conozco el nombre del fantasma residente, pero recuerda que incluso los monstruos que no podemos nombrar existen.

Doctor David Willoughby, The Crow,
Breve guía para mi sucesor sobre castillos y jardines

A menudo son las personas más mediocres, con su autoestima exagerada y su don para el peloteo, quienes usurpan el lugar natural de las más sabias y experimentadas; seguramente porque estas últimas no necesitan demostrar ni aparentar nada y, así, acaban relegadas a las sombras, invisibles, con probabilidad ocupadas en arreglar los desaguisados de las primeras. Natalia Castro pertenecía a las filas de los invisibles y, aunque había aprendido tiempo atrás a no hacer caso de los charlatanes del autobombo y a seguir su propio camino, todavía se sorprendía de lo lejos que un pelota maleducado y con conocimientos básicos podía llegar en la vida antes de que se descubriese su impostura. Brillante, tranquila y desesperanzada a su pesar, había alcanzado una madurez serena con una pizca de desencanto en la comisura de los labios y una mirada todavía curiosa.

Tras una infancia algo dickensiana y una licenciatura en Botánica por la Universidad de Santiago de Compostela, Natalia trabajaba como secretaria en un bufete de abogados de su ciudad natal y se había casado con un deslumbrante comercial que dejó de ser encantador al poco de iniciar su vida en común. Acababa de divorciarse de él cuando Sonia, una buena amiga que había emigrado años atrás en busca de un empleo más estable como enfermera, le propuso cambiar de aires, aunque no de gaitas.

—Ven a Edimburgo —le dijo.

Solo eso. Tanta promesa en una sola frase.

Natalia estaba a punto de contestar que no, que no tenía ganas de empezar de nuevo en otro sitio, cuando se dio cuenta de que todo lo que le quedaba en Santiago no era más que ceniza y polvo, nada que no pudiera dejarse atrás con facilidad. Hizo las maletas, se despidió de unos padres y un hermano indiferentes, de unos compañeros de trabajo que la olvidarían en una semana y de unos amigos con los que mantendría el contacto estuviera donde estuviese, y se plantó en el piso de Sonia, en Edimburgo. Su herencia celta, su querencia por el clima frío y lluvioso y la belleza de su país de acogida le pusieron las cosas fáciles a la hora de adaptarse a su nueva ciudad y, pasado el susto inicial de no entender ni una pizca del inglés que hablaban las buenas gentes escocesas, al fin respiró tranquila el aire del norte, acostumbró el oído al acento y encontró el empleo más extraño y fabuloso de su vida.

La Oficina de Rescate de Patrimonio Escocés estaba ubicada en el edificio de la Biblioteca Nacional, en la Old Town de Edimburgo, y consistía en dos despachos de la segunda planta y un polvoriento y gigantesco nicho en el almacén del sótano. Aunque el acrónimo inglés del diminuto departamento era HRO (Heritage Rescue Office), la oficina seguía apareciendo en el directorio del vestíbulo como CROW, las iniciales de Castle Rescue Office and Whatever, porque nadie se había molestado en cambiar el legado, algo gótico y socarrón, del anterior responsable y porque, en la práctica, a eso se dedicaban, a rescatar castillos y otras propiedades históricas, a veces tan arruinadas como sus atribulados propietarios. A Natalia le gustaba que su reducida madriguera, atestada de archivadores y montañas de papel ancestral, con vistas al puente George IV y a la Universidad de Edimburgo mantuviese ese nombre; le parecía tan oscuro y romántico como la historia, los bosques y los jardines de los castillos que, de vez en cuando, tenía el privilegio de visitar.

La única explicación para que una licenciada en Botánica —todavía enamorada de los bosques— con un currículum laboral administrativo hubiese acabado trabajando para The Crow, se debía a que el tiempo, a menudo, ponía a cada uno en su sitio, pues ni siquiera las apariencias se mantienen para siempre. Su responsable oficial, la exparlamentaria Sigourney Glenn, una mujer de mediana edad y mayúscula autoestima rayana en lo fantástico, se confió demasiado, olvidó disimular su estupidez y desengañó a algún preboste de la ciudad hasta el punto de ganarse un cambio de destino. La enviaron a la Oficina de Rescate de Patrimonio porque nadie sabía a ciencia cierta a qué se dedicaba dicha entidad, aunque sí era conocido que tenía poder e influencia menos cincuenta en el ámbito político escocés, de manera que, si no pintaba nada, era el lugar perfecto para quitarse de en medio a la Insoportable Glenn. En cuanto la señora tomó posesión de su nuevo cargo en el despacho de la Biblioteca Nacional, le sobró la mitad de una mañana para darse cuenta de que no entendía sus nuevas funciones y de que echaba de menos disponer de un esclavo que hiciera su trabajo, alguien a quien pasarle los marrones para después robarle cualquier mérito por su resolución —si es que en aquel cuchitril lúgubre y húmedo podía obtenerse algo parecido a un mérito—, alguien a quien abrumar con su monólogo sobre lo bien que a ella se le daba todo.

Natalia nunca supo a cuántos candidatos entrevistó su jefa para el puesto de ayudante, pero recordaba con claridad que lo único que Sigourney Glenn le había pedido, seguramente porque ella no conocía la respuesta, fue una definición sobre «patrimonio», sobre «rescate de patrimonio» y sobre las funciones que, a su juicio, eran atribuibles a una oficina de rescate de patrimonio en Escocia. La intrépida botánica, que se había preparado la entrevista estudiando un viejo pliego londinense sobre la gestión municipal de jardines históricos, adaptó sus respuestas cambiando nombres de plantas, árboles y parterres por nombres de castillos, monumentos, parques y mansiones. Tal vez convenció a la Insoportable Glenn. O quizá el resto de los candidatos huyeron despavoridos al conocer el sueldo asignado al puesto. O les pareció que trabajar con aquella mujer vulneraba los principios sobre derecho humanitario de los Convenios de Ginebra. Fuese como fuese, Natalia empezó a trabajar en The Crow impelida por la necesidad pecuniaria —sus ahorros empezaban a resentirse tras mudarse a un apartamento para ella sola—, su reciente flechazo con Escocia y la curiosidad por el contenido de todos aquellos archivos que atestaban el pequeño despacho. La alegría fue completa en cuanto comprendió que Glenn apenas aparecería por allí mientras nadie estuviese mirando, circunstancia que no cambiaría a menos que se decretase algo tan extraño como una urgencia patrimonial.

Tramitó su carnet de usuaria de la Biblioteca Nacional, tomó en préstamo un montón de libros sobre castillos escoceses y descubrió que su antecesor en The Crow, el doctor David Willoughby, le había legado una guía encantadora a modo de índice gigantesco y detallado sobre dónde encontrar las fichas de cada construcción y enclave histórico escoceses que, en su generosa opinión, merecían ser salvados de la ruina y del olvido de los hombres. Algunas de las fichas no eran más que bellísimas descripciones de castillos y de los parajes que los rodeaban, pero otras contenían instrucciones precisas sobre qué podría hacerse para su conservación o restauración, incluyendo un presupuesto aproximado y algunas ideas acerca de cómo rentabilizar la inversión. Sus archivos preferidos eran los referentes a jardines y bosques, como los suntuosos inventarios de Inveraray, con sus narcisos y rododendros, con sus azaleas, brezales y rosas, o los del jardín amurallado de Gordon, en Fochabers, con sus parterres perfumados de jazmín o de lavanda y el llamado jardín del Néctar, o los jardines y el castillo de Dunninald, en Montrose, con sus campanillas de invierno... Incluso la fea y maltratada Glasgow tenía su propio rincón escondido de bambú, serbales, magnolias y avellanos. Natalia pasaba la semana leyendo sobre esos lugares extraordinarios de nueve a dos y los fines de semana se dedicaba a viajar por el país para visitarlos acompañada por las detalladas fichas del doctor Willoughby, sacadas ilegalmente de The Crow y devueltas el lunes con todo el sigilo y la emoción de quien hubiera visitado el País de las Maravillas en ausencia de la reina de Corazones.

Ninguna pena turbaba su corazón más allá del pesar por

que las extraordinarias propuestas de Willoughby nunca hubieran sido desarrolladas y, en consecuencia, muchos de los lugares fabulosos que Natalia visitaba en su tiempo libre no eran más que ruina, desolación y marañas vegetales monstruosas.

Aquel era su primer diciembre en Escocia y ya había decidido que no volvería a Santiago para las vacaciones de Navidad. Nada la esperaba al otro lado del canal de la Mancha. No echaba de menos a su familia y estaba convencida de que el sentimiento era mutuo. Acostumbrada a la soledad, había encontrado la mejor de las compañías en sus propios pensamientos, en los libros y en la naturaleza.

Una mañana, en The Crow, planificando una cena con Sonia y algunos amigos que vendrían desde Londres para celebrar las fiestas, próximas ya en el calendario, unos alegres timbrazos sobre su mesa la sobresaltaron. Podía contar con los dedos de una mano las veces que había sonado ese teléfono y, antes de descolgar, tuvo un extraño presentimiento.

—Castro. —La voz de la Insoportable Glenn resonó imperiosa en el oído de Natalia—. Tengo un trabajo para ti. Me han llamado de Holyrood por algo relacionado con los clanes —continuó sin esperar respuesta ni saludo—. Algún idiota arruinado necesita un plan de rescate para algo llamado Gaoth Tuath Castle. Nos van a pedir un informe tipo de actuación para febrero, así que lo quiero preparado en mi mesa aunque te largues de vacaciones.

—¿Qué es «un informe tipo de actuación»?

—Y yo qué sé. La que trabaja en ese cuchitril eres tú.

Natalia no estaba preocupada; tenía una imaginación fértil y los fabulosos archivos del doctor Willoughby. Aun así, le había parecido divertido preguntar a Glenn por si la sorprendía iluminándola con sus excelsos conocimientos.

—¿Puedo escoger el plan de actuación que me parezca más adecuado? —preguntó a su jefa.

—Puedes escoger hasta el color del papel en el que lo imprimas, siempre que lo firmes con mi nombre y lo dejes sobre mi mesa antes del treinta y uno de diciembre.

—Necesitaré un coche para visitar la ubicación.

—Mi chófer te aparcará el mío mañana temprano en la puerta de la biblioteca —sentenció antes de colgar con un bufido molesto.

Cuando Natalia empezó a trabajar en The Crow, las paredes de su pequeño despacho estaban empapeladas con un viejísimo y desteñido diseño psicodélico que se caía a pedazos. Bajo los jirones de papel, el enyesado mostraba manchas de humedad y desconchones y también se caía a pedazos. Temerosa de que semejante decrepitud fuese contagiosa y acabase por infectarse con el síndrome de la señorita Havisham, buscó ayuda en el portero de la biblioteca, quien le envió a un colega desempleado capaz de librarla de tanta decadencia en una sola mañana por cincuenta libras y una promesa de discreción. Despojadas de papel y yeso, las paredes resultaron ser de la misma piedra dorada que lucía la fachada de principios del siglo XX, acogedoras y perfectas en cuanto Natalia colgó algunos potus que a medida que crecían fueron enredándose, muy alegres, por los estantes de IKEA y una gran litografía enmarcada del mapa de Escocia con todos sus castillos, lagos y bosques. Fue a ese mapa al que se dirigió en cuanto colgó el teléfono, con la intención de ubicar Gaoth Tuath Castle.

—Veamos —se dijo en voz alta mientras su índice se deslizaba hacia arriba desde el castillo de Edimburgo—. Nada a orillas del lago Ness, perfecto; no pondremos nerviosos a los burócratas —se congratuló, y es que últimamente algunas asociaciones animalistas se habían quejado de que las rutas turísticas para visitar castillos perturbaban el descanso de Nessie—. Espero que no esté en Inverness; demasiado al norte para conducir en diciembre, encontraré nieve en la carretera. Evitemos Balmoral, por si la Royal Family se pasa por allí en las vacaciones de Navidad. Nada de Glamis, demasiado sangriento para esta época. Mmm... —Su dedo se había detenido cerca de Menzies, a medio camino entre Inverlochy, en Fort William, y Blair, en Perthshire, rozando el sur de las Highlands—. Aquí. Gaoth Tuath Castle. «Viento del norte» —murmuró pensativa tras consultar su diccionario de gaélico.

Volvió a su asiento, abrió con cariño la *Breve guía para mi sucesor sobre castillos y jardines* del doctor Willoughby, que pese a su nombre era un tocho de proporciones respetables, encontró la entrada de Gaoth Tuath Castle y supo que había llegado a buen puerto.

DOS

Nunca hagas caso de un cartógrafo escocés cuando delimita los Cairngorms, frontera sudoeste de las Highlands; si por ellos fuera, llegaría hasta Inglaterra. Por eso te resultará difícil decidir dónde comienza el bosque de Gaoth Tuath, un lóbrego pero hermoso lugar otrora cuna de los valientes MacTavish.

Doctor David Willoughby, The Crow,
Breve guía para mi sucesor sobre castillos y jardines

Con una punzada de melancolía, Henry MacTavish miró por la ventana de su dormitorio. Echaría de menos aquellas vistas del prado asilvestrado, el bosque de tejos y abetos, la casita del guardés y el humo de su chimenea siempre elevándose, como una promesa de bienvenida al hogar. En compensación, no echaría de menos las facturas astronómicas de las reparaciones del tejado, de la caldera y de la fachada que cada primavera sangraban su cuenta corriente porque los seguros del hogar no incluían tarifas acotadas para desperfectos en castillos del siglo XVIII. Se ganaba la vida como abogado en Inverness, donde tenía una cómoda vivienda de dos plantas y, aunque respetaba y honraba la memoria de sus antepasados y los recuerdos felices de sus veranos de infancia en Gaoth Tuath, no estaba dispuesto a declararse en bancarrota por conservar aquel monstruo de veinte habitaciones que no le reportaba más que quebraderos de cabeza desde que su difunto padre se lo había legado.

Nada quedaba del otrora orgulloso clan de los MacTavish de Gaoth Tuath. Títulos, derechos y propiedades se habían ido perdiendo en favor de otras ramas del árbol familiar, condonando deudas o vendiendo a terceros a lo largo de los siglos, y Henry no tenía más que su licenciatura en Derecho, un prado comunal deshabitado, cien hectáreas de bosque y aquel castillo cuyas piedras aguantaban inmutables, por lo que resultaba más o menos habitable siempre que no te importasen los cortes de electricidad, la ausencia de calefacción, una irritante tendencia a la escasez de agua caliente o que nadie por los alrededores hubiese oído hablar de la existencia de la fibra óptica. Madeline y Ronald Lodge, el leal matrimonio que había trabajado siempre para sus padres, vivían al otro lado del prado, en la casita del guardés, una coqueta y agradable construcción de principios del siglo XX. Hacían lo que podían para mantener las habitaciones más o menos limpias y libres de humedad, pero Henry se sentía miserable cada vez que importunaba a los ancianos cuando decidía pasar unos días en el castillo.

Alto, impasible, de ojos color avellana y corto pelo castaño, mantenía la constitución robusta motivo de selección natural en las duras tierras escocesas de sus antepasados y, aunque había cambiado el lema del clan MacTavish, *Vincere draconis*, por el de llegar a un acuerdo amistoso, conservaba la fabulosa espada claymore familiar colgada sobre la chimenea del salón principal por si algún dragón poco razonable no era favorable a los pactos.

Terminó de abrocharse el último botón de la camisa azul, se puso un grueso jersey de lana gris marengo y se apartó sin ganas de la ventana para prestar atención a su peculiar interlocutor. Su tataratío Archibald MacTavish, el capitán de la brigada escocesa de Wellington muerto en la batalla de Waterloo, flotaba sobre la cama deshecha mientras se lamentaba amargamente por su incierto destino.

Al contrario de lo que marca la tradición de los castillos escoceses, el tío Archie siempre había sido un fantasma alegre y entusiasta, sin ninguna vocación por contribuir al insomnio de los vivos con cadenas chirriantes o alaridos sobrenaturales en el castillo. Lejos de los dramas shakespearianos y de la tragedia de Culloden, era un espíritu de principios del siglo XIX amable y buen conversador. Había aconsejado a los sucesivos herederos MacTavish hasta Henry y los había entretenido durante las largas tardes otoñales con apasionantes partidas de ajedrez y una sorprendente tendencia a beber oporto pese a su estado inmaterial.

Henry, acostumbrado a su presencia desde que tenía uso de razón, lo quería como a un padre y le preocupaba el cambio que había sufrido en los dos últimos años: se había vuelto quejumbroso y sombrío, afligido por una profunda tristeza. En julio, durante una visita de fin de semana que el abogado hizo a Gaoth Tuath para desconectar del estrés de la ciudad, Archie le confesó que, después de meditarlo durante una década, deseaba cruzar al más allá; estaba cansado tras dos siglos encerrado en el castillo viendo el trascurrir de las generaciones MacTavish.

—No me malinterpretes —había aclarado a su sobrino favorito—, no estoy cansado de ti ni de nuestra familia. Me considero un privilegiado por haber conocido a todos mis fabulosos descendientes, pero me ha llegado el momento de partir. Tú cada vez vienes menos por aquí y los Lodge no pueden verme ni oírme. Me pesa la soledad, muchacho, y he notado que apenas puedo traspasar las puertas del este más allá del vestíbulo.

Henry, que hacía años que tampoco se atrevía a visitar el ala este del castillo, se preguntó qué importancia tendría para el fantasma perder de vista un montón de habitaciones y pasillos tétricos poblados por colonias de arañas y a saber qué más criaturas.

—Lo siento, tío Archie —dijo con sinceridad—. Mi trabajo está en Inverness y me resultaría muy difícil ir y venir cada día desde Gaoth.

—Lo sé, lo sé. Los vivos tienen sus condenadas vidas y eso está bien. Pero no puedo dejar de pensar que si hubieses tenido hijos...

—¿Con quién? Ninguna de mis novias te gustó lo suficiente para animarme a formar una familia.

—Henry, es a ti a quien debería gustarte lo suficiente una de esas novias tuyas. He conocido a tantas que he perdido la cuenta. No me eches la culpa, maldito abogado. —Se rio—. Oye, prométeme que, llegado el momento, me dejarás ir —dijo recuperando la seriedad y con un gesto dramático, no del todo impostado, en el rostro—. Te lo pido de corazón. Estoy cansado.

—Tío Archie, el clan MacTavish no acabará en mí. Las hermanas de papá han tenido hijos; los primos Dhule y Winters son buena gente.

—No es por eso, muchacho, no es por eso. Noto que apenas me importa ya el mundo de los vivos, he perdido el interés. Estoy preparado para seguir adelante, para empezar una nueva aventura, sea la que sea.

Henry, que no era creyente pese a la tradición más o menos católica reconvertida a metodista de su familia, se encogió de hombros. Le costaba encontrar palabras de consuelo, quizá porque le incomodaba que su tío preferido estuviese empeñado en abandonarlo.

—No sé qué habrá al otro lado —aventuró—. No sé si existe el más allá y, si existe, nada garantiza que sea un lugar más interesante que este.

—No importa, ha llegado el momento, me basta con eso.

—¿Y cómo quieres marcharte?

—Entre amigos, con una copita de oporto, música de mi tierra y un buen fuego.

—Me refiero a que cómo piensas dejar de ser un fantasma.

—Pues volveré a leer *Los misterios de Udolfo*; contiene instrucciones detalladas de cómo deshechizar a un espíritu.

—¿En serio?

—No. Ni por todo el oro del infierno me leería ese tocho, por muy de moda que estuviese en 1795.

—Tío Archie, ¿cómo te hiciste fantasma? ¿Fue por esa novela?

—Esa novela podría matar de aburrimiento a cualquiera, pero que me cuelguen si es capaz de resucitar a un muerto. —El capitán MacTavish miró a su sobrino con la sonrisa de bribón que se le ponía cuando le tomaba el pelo—. Está visto que los abogados carecéis de sentido del humor.

—De lo que te aseguro que carecemos es de un manual de instrucciones para fantasmas.

—Muchacho, no tengo ni idea de cómo sucedió ni de cómo revertirlo. Estaba en la trinchera, fumando una pipa con Steven Cameron, de los fusileros, y ¡pam!, de repente ya no me dolían los huesos por la humedad ni tenía tos por el frío porque ni tenía huesos ni respiración, y me encontraba de nuevo en casa.

Su tío le había contado un millar de veces lo mismo, sobre todo cuando Henry estaba en ese periodo de la primera adolescencia en la que el morbo por la muerte, la sangre, los destripamientos y las historias de terror lo empujaban a perseguir al fantasma con una retahíla de preguntas. Las versiones de lo que hacía justo antes de que lo alcanzara la metralla de los cañones de Bonaparte variaban según su humor: discutía con su sargento sobre la verdadera altura de Bony, el oficial de comunicaciones les contaba el argumento de *Orgullo y prejuicio*, dirigía un coro gaélico improvisado para no dejar dormir a los ingleses de la trinchera contigua o dormitaba debido a la resaca de la noche anterior. Sin embargo, Archie MacTavish remataba su relato siempre igual, con las mismas exactas palabras: «Todo se fundió a negro, y que me aspen si recuerdo nada más hasta que me desperté en el único lugar del mundo del que nunca querría marcharme».

Quizá «nunca» era demasiado tiempo. Incluso para un espíritu escocés.

—Tendrás que encontrar un espiritista que haga el trabajo, muchacho —resumió el tío Archie tras un momento de reflexión.

—No pienso llamar a los cazafantasmas.

—Maldito abogado. —Volvió a reírse con esas carcajadas cortas y resonantes que Henry sabía que echaría tanto de menos—. Llevas cuarenta y dos años conversando con un condenado fantasma y no crees en médiums y exorcistas.

Preocupado por el desánimo de su tío, Henry había intentado pasar más fines de semana en el castillo que en años anteriores, pero el humor de Archie no había mejorado. Seguía decidido a poner fin a su no vida, y fue tan convincente en sus argumentos y se mostró tan implacable y pesado, tan cansino y recalcitrante, que su sobrino al fin le prometió que llamaría a un dichoso médium, pero no porque quisiera respetar sus deseos sino porque estaba hasta la coronilla de sus lamentos y empezaba a comprender las ventajas de perderlo de vista.

—¿Cuándo quieres que te exorcicen? —le preguntó frente al tablero de ajedrez una noche en la que Archie estaba especialmente pesado.

—Muy gracioso. A finales de año —Parecía tener la respuesta bien meditada—, si me prometes pasar aquí la Navidad para que podamos despedirnos como es debido.

A Henry le enterneció el deseo del querido fantasma, lo hubiese abrazado de haber sido posible. Sin embargo, como a partir de ese día su tío no volvió a mencionar la cuestión del espiritista, el abogado se olvidó por completo de llamar a los cazafantasmas. En otoño, su hermana Megan empezó a agobiarlo con sus planes de boda, por no mencionar un par de casos difíciles en el bufete, el fracaso de su enésima relación romántica y su preocupación por el castillo. De modo que la petición del tío Archie había quedado en el olvido. Hasta que esa mañana de diciembre, mientras se vestía para dar un paseo por el bosque y alejarse de los enloquecidos preparativos de la boda de Megan, el fantasma le gruñó de nuevo flotando un metro por encima de su cama.

—No me estás escuchando —dijo el capitán MacTavish, enfadado.

Ese día llevaba puesto su uniforme de la vieja guardia, con la casaca roja de botones dorados y el kilt del regimiento en lugar del de su clan. Henry había observado la habilidad de su tío para cambiar de atuendo según su humor, por lo que enseguida captó que los ánimos andaban belicosos.

—Tío Archie, tengo muchas cosas en la cabeza. Y Megan me está volviendo loco con su boda.

A su hermana mayor se le había metido entre ceja y ceja casarse en el castillo de la familia, en terceras nupcias, con un arquitecto londinense. Sabía que Henry había iniciado los trámites para dejar la propiedad en manos de la Oficina de Rescate de Patrimonio para aligerar la carga económica que le suponía su mantenimiento, y le había parecido buena idea despedirse de Gaoth Tuath por todo lo alto. Así que llevaba una semana pululando por allí con una panda de damas de honor medio desquiciadas por el whisky, el azúcar y la falta de sueño, adornando con flores el vestíbulo principal y enloqueciendo a los Lodge con instrucciones sobre el cáterin y los invitados. Si Henry no había errado en sus cálculos, tenían ocupadas la mitad de las habitaciones del castillo y la otra mitad se llenaría en los próximos días con las tres hermanas viudas de su padre y la familia del novio. Por suerte, todos se irían la mañana posterior a la boda y todavía le quedarían algunos días para despedirse a sus anchas del último vestigio que le quedaba de su herencia escocesa.

—¿Cuándo demonios se casa? —se interesó el tío Archie.

Henry se había dado cuenta de que últimamente el fantasma parecía un poco más traslúcido que de costumbre y menos pendiente de las cuestiones mundanas, que tendía a olvidar con facilidad.

—La mañana de Navidad, ya te lo he dicho.

—¡Yule! —se animó.

—Mañana es veintiuno de diciembre —asintió su sobrino.

La celebración del solsticio de invierno siempre había sido muy especial en Gaoth Tuath. Henry recordaba a su abuelo Bruce, y después a su padre, instalando un enorme abeto junto a la escalera del vestíbulo para que los niños pudiesen dejar a sus pies ofrendas de manzanas y caramelos, naranjas españolas y pequeños regalos hechos por ellos mismos mientras los adultos colgaban por doquier festones con los colores del clan coronados de muérdago y acebo. La señora Lodge cocinaba sopa *cock-a-leekie*, pavo asado, *cranachan*, *scones* y pudin con salsa de brandi, y compraba el mejor salmón ahumado del condado. La planta baja del castillo se llenaba con el olor del abeto y el muérdago recién cortados y el aroma dulzón de la mantequilla, el pan y los pasteles que iban horneándose a lo largo del día. Bebían cerveza especiada según la receta secreta del tío Archie, vino dulce con frutas escarchadas y whisky de turba, y cantaban y bailaban hasta caer rendidos en el salón grande, cerca del rugiente fuego de la chimenea, ajenos a la oscuridad y a la helada del otro lado de los ventanales restaurados. A Henry le entristecía no haber continuado la tradición, perdida desde la muerte de sus padres, diez años atrás.

—Tío Archie...

—¿Cuándo vendrá el médium?

Henry se volvió de espaldas para disimular su expresión. Detestaba la mentira, pero se sentía incapaz de confesarle su negligencia.

—Pensaba que te gustaría estar presente en la boda de Megan, ya que no asististe a las dos anteriores.

El fantasma lanzó un resoplido y soltó una retahíla de maldiciones muy de moda entre las tropas de Wellington. Se había alejado de la cama y miraba desde la misma ventana a la que su sobrino se había asomado hacía un rato.

—Al menos, quédate hasta el Hogmanay —le pidió Henry con un extraño brillo en sus ojos marrones.

Acababa de ocurrírsele una idea para retener a Archie un poco más.

—Lo que tú digas —gruñó el fantasma con una expresión indescifrable.

Si el último descendiente de los MacTavish hubiese podido leer su futuro próximo en los posos del té habría entendido que los planes, ni siquiera los navideños, jamás salen ni mejor ni peor que como uno espera, pues los hados poseen voluntad propia.

TRES

Encontrarás la ficha «Navidad en el castillo de Edimburgo» en la letra N de «Nada es lo que parece». Escribí un informe aparte porque desde finales de noviembre los escoceses creen vivir en Santaland y el cerebro se les llena de purpurina. La Navidad estuvo prohibida en Escocia durante cuatrocientos años porque, hacia 1560, la reforma religiosa aniquiló cualquier celebración que oliese a catolicismo romano. Supongo que en la actualidad intentan recuperar el tiempo perdido.

Doctor David Willoughby, The Crow,
Breve guía para mi sucesor sobre castillos y jardines

El coche de la Insoportable Glenn resultó ser un Jaguar XE oscuro con cambio automático que un chófer de pelo cano y mirada torva aparcó delante de la puerta de la Biblioteca Nacional. El hombre le lanzó las llaves del vehículo y se marchó a paso ligero en busca de un taxi sin dedicarle una segunda mirada. Natalia, que había preparado una maleta por si la propiedad era tan extensa —o sus propietarios tan pesados— que le exigieran más de un día para revisarla, la dejó a buen recaudo en el portaequipajes, colocó con cariño la *Breve guía para mi sucesor sobre castillos y jardines* junto con el expediente de Gaoth Tuath sobre el asiento del copiloto y trasteó con el navegador para introducir la ruta. Calculó que las 157 millas que distaban hasta su destino equivalían a unos 252 kilómetros y salió despacio de Stockbridge por Queensferry Road en dirección al puente de Forth Road, feliz de pasar unos días en la campiña escocesa y atenta a circular por la izquierda. Iría hacia el norte por la A9 hasta Blair Atholl y después hacia el oeste. Podía detenerse para comer en Perth o en alguna de esas cafeterías olvidadas a orillas de algún pequeño lago que bordease su ruta. Era miércoles, 21 de diciembre, y al día siguiente empezarían las festividades de Yule. Las calles de Edimburgo lucían su exuberante decoración navideña desde noviembre y, aunque le gustaba esa época del año y el rojo, el verde, el dorado y los tartanes festivos, se alegró de salir de la ciudad y respirar el aroma a resina de los tejos y abetos de los bosques del norte.

Unas ciento cincuenta millas, dos sándwiches de pepino revenidos —que bien podría haberlos preparado un Borgia para el peor de sus enemigos— y tres tazas de té aguado después, el sistema eléctrico del Jaguar encendió las luces de carretera en cuanto sus sensores se sumieron en la lóbrega sombra del bosque de Gaoth Tuath. Eran las tres de la tarde y el crepúsculo teñía de rosa el horizonte, pero, bajo los altos árboles que amenazaban con tragarse el estrecho camino de tierra que atravesaba el paraje, la luz perdía su batalla contra las tinieblas. Natalia se detuvo en medio del camino y bajó del coche para escuchar el silencio amortiguado por la espesura de unas coníferas tan soberbias que, de pronto, comprendió que estaba en el interior de uno de los escasos bosques caledonios que quedaban en Escocia. Oyó el murmullo de un río cercano, el suave trino de los pájaros vespertinos y el susurro de los helechos que duendes, hadas y otros minúsculos habitantes de la floresta mecían con sus pasitos apresurados sobre el musgo y las agujas de los abetos y los pinos. El frío y la humedad la obligaron a volver al interior del vehículo a regañadientes, aunque lo hizo con la promesa de regresar a la mañana siguiente para contemplar a sus anchas aquel prodigio del Neolítico.

Salió de la espesura a un prado descuidado que, presa de

la invención de las películas de aventuras medievales, imaginó como el antiguo foso del castillo. Su primera visión de Gaoth Tuath, como a menudo ocurre cuando se conoce a las personas más extraordinarias, no le causó una gran impresión. Su cerebro seguía procesando el pequeño bosque caledonio, y la luz del ocaso tampoco favorecía la fachada de piedra oscura del hogar de los MacTavish.

Al igual que sucedía con casi todos los castillos escoceses más antiguos, ese parecía haber crecido a partir de un edificio almenado central, probablemente del siglo XV, al que en épocas posteriores se le habían añadido dos alas y el equivalente a una casa de campo de grandes dimensiones en el extremo opuesto a las caballerizas. Natalia había leído en la ficha del doctor David Willoughby que la construcción final databa del siglo XVIII y, aunque no contenía ningún comentario sobre su arquitectura, reconoció que el conjunto resultaba armonioso con las pequeñas almenas intercaladas, los tejados a dos aguas idénticos, sus sobrias chimeneas y sus ventanas cuadradas sin ningún adorno. Las sucesivas generaciones de MacTavish habían ampliado su hogar manteniendo la coherencia de estilo y destinado una considerable porción de sus riquezas a conservarla en un estado aceptable. A la escasa luz del crepúsculo, le pareció una versión pequeña y sombría del castillo de Cawdor.

Siguió la senda de tierra prensada hasta rodear el castillo, vio media docena de coches aparcados en lo que debieron de ser las caballerizas y dejó allí el Jaguar. Con el largo abrigo gris bien abrochado y una bufanda roja al cuello, deshizo a pie el camino hasta la puerta principal. La enorme entrada de madera, enmarcada por tres dinteles de gruesa piedra, estaba flanqueada por dos grandes rosetones metálicos: el escudo de la familia (un dragón escupiendo fuego sobre una corona y una espada) orlado por la leyenda *Vincere draconis* y la sólida placa con el cardo escocés y el emblema estatal británico que lo reconocía como un edificio de clase A, es decir, catalogado como de interés histórico, lo que para Natalia, acostumbrada a la manía de aquella isla por considerar cualquier piedra de interés histórico, no significaba demasiado. Tras comprobar que no había timbre alguno a la vista, iba a probar suerte con la enorme aldaba cuando las dobles hojas de madera y hierro forjado se abrieron de par en par y un grupo de señoras ahogadas de la risa, capitaneadas por una pelirroja altísima, casi la arrollaron.

—¡Prima Mildred! —gritó entusiasmada la pelirroja estrechándola en un abrazo capaz de romper media docena de costillas de una sola vez.

—¡Prima Mildred! —gritaron a coro el resto de las mujeres que seguían a la formidable vikinga.

Por fortuna, ninguna de ellas intentó abrazarla.

—Estábamos a punto de ir al bosque —explicó su recién descubierta pariente.

—Para bailar desnudas en un aquelarre —apuntó una morena menuda entre risitas.

—¿Te apuntas? —preguntó otra guiñándole el ojo.

—Preferiría beber cicuta, gracias.

—Ya. —La pelirroja la miró con los ojos entornados y acabó por asentir—. Tienes razón, hace demasiado frío. ¡Cambio de planes! —gritó a su camarilla—. ¡A la biblioteca, a por vino y chocolate caliente!

—*Weeeeee!* —corearon sus acólitas.

—¡Vamos, prima Mildred! Me acuerdo muy bien de lo mucho que te gustaba la biblioteca. —Envolvió a la estupefacta Natalia en un medio abrazo de osa y la arrastró a través del enorme vestíbulo resonante—. ¿No fue allí donde besaste a Daniel McCullough y la tía Prudence lo castigó mandándolo a por leña en plena noche?

Pese a que era probable que compartiese parte de la genética celta con aquella valquiria, Natalia estaba segura de que no tenía ni un solo pariente escocés y, por más que hiciese memoria, no recordaba haber besado a ningún Daniel McCullough. Pero estaba aterida de frío, le daba miedo discutir con la pelirroja y, además, la promesa de un chocolate caliente junto a la chimenea le pareció motivo suficiente para hacer la vista gorda con la confusión de identidades. Se dejó arrastrar por el buen humor y el entusiasmo de las mujeres y en un parpadeo se encontró cómodamente sentada en la butaca de orejas de Sherlock Holmes, junto al fuego, con una jarra de vino caliente y especiado en las manos y cerca de una bandeja repleta de *scones*, bizcocho de limón y un chocolate tan espeso como las mejores cosas de la vida. Se deshizo del abrigo, cambió disimuladamente el vino por una taza de chocolate y se divirtió escuchando las enloquecidas conversaciones de su nueva prima mientras mordisqueaba un trozo de bizcocho como si jamás hubiese oído hablar de los sándwiches de pepino revenidos de Perthshire.

A diferencia del vestíbulo desnudo y del austero pasillo que había atravesado para llegar hasta allí, la biblioteca, de altos techos y sólidos ventanales georgianos, estaba amueblada y lucía grandes y mullidas alfombras sobre el regio entarimado del suelo. La iluminación suave de la chimenea y de las lámparas sobre las mesas bajas, entre los sofás y los butacones, dejaban en penumbra las estanterías que cubrían tres de las cuatro paredes del hermoso salón. A Natalia le habría encantado acercarse para leer los títulos de los libros, curiosear entre los centenares de lomos de colores y tamaños diversos que reposaban tranquilos en aquella fabulosa biblioteca. Acostumbrada a la invisibilidad, no le costó pasar desapercibida en su butaca de detective victoriano, disfrutando de las alegres conversaciones de sus anfitrionas, calentita junto al hogar, consciente de que nunca más gozaría del privilegio de pasar la tarde en un lugar tan fabuloso como aquel y de que no tenía ninguna prisa por poner fin a la velada. Atenta a su alrededor, descubrió que la pelirroja se llamaba Megan y que su camarilla —Sarah, Dunia, Harper, Anna y Liz— eran sus damas de honor, que estaban engalanando el castillo para la boda que tendría lugar el día de Navidad y que el novio era un arquitecto adorable llamado John. En algún momento de la tarde, Natalia se olvidó del chocolate y se unió a los sucesivos brindis con vino caliente y especiado tan típico de los inviernos escoceses, después al champán y más tarde al whisky, de manera que cuando quiso darse cuenta eran las once de la noche y estaba considerablemente borracha. Como la mitad de las damas de honor de Megan yacían semiinconscientes en los sofás y la otra mitad había improvisado un espantoso karaoke con ayuda de una aplicación móvil, pensó que había llegado el momento de batirse en retirada.

—Por la prima Mildred. —Megan entrechocó su vaso de cristal tallado con el de Natalia y se terminó sus dos dedos de whisky en cuanto la recién llegada se acercó a ella para decirle que se iba—. Te acompaño a tu habitación. Aunque no tengo ni idea de cuál puede ser.

—Mi equipaje está en el coche.

—Pues voy contigo, querida mía.

Un poco inestables, salieron del castillo y lo rodearon hasta las caballerizas en desuso. Megan lanzó un silbido cuando vio el Jaguar.

—Me lo han prestado —confesó Natalia—. Es de mi jefa.

—¿A qué te dedicas, prima Mildred? No sé nada de ti. Qué desastre haber perdido el contacto durante todos estos años. Con lo mucho que te quiero, prima. —En el estado de exaltación de la amistad que conlleva toda borrachera, la pelirroja volvió a abrazar a Natalia y le estampó un sonoro beso en la mejilla.

—Megan —susurró Natalia en un arrebato de sinceridad alcohólica o tal vez arrepentida de seguir manteniendo el engaño con una prima tan cariñosa—, tengo que confesarte algo. No soy la prima Mildred.

Sobre sus cabezas, el cielo limpio y estrellado de un diciembre alejado de la ciudad resultaba impresionante. Natalia apretó contra su pecho el enorme mamotreto del doctor Willoughby y deseó haberlo conocido.

—Oh, cariño, ya lo sé —le dijo Megan mientras arrastraba la maleta de Natalia hacia el castillo—. Yo tampoco soy la prima Megan que conociste hace tanto. Hemos cambiado, somos personas distintas. Pero sigo queriéndote mucho.

Se despidió de Natalia con otro beso sonoro en lo alto de la escalera que llevaba al ala oeste y le indicó que la puerta de su habitación era la última del pasillo —si es que no estaba ya ocupada por otra persona— antes de volver a desearle buenas noches, de asegurarle que la quería con locura y añadir que esperaba verla al día siguiente para hacer una ruta en bicicleta por el bosque. Natalia asintió a todo con discreción, sin comprometerse a nada, y, en cuanto se aseguró de que Megan conseguía bajar la escalera sin romperse el cuello, echó a andar por el pasillo con su maleta y el libro del doctor Willoughby. Estaba a punto de abrir la puerta de su habitación cuando un vozarrón masculino la impelió a darse la vuelta.

—Muchacha.

Era un hombre de mediana edad y grandes patillas, vestido para una recreación histórica con camisa blanca de lazo, kilt y largos calcetines hasta la rodilla. Un cinto con dos pistolas antiguas le cruzaba el pecho, un rifle con bayoneta la espalda y una espada pendía de su cadera. Se movía de forma extraña, como si en lugar de caminar se deslizase, y tenía la mirada demasiado brillante, casi como si tuviera dos ascuas rojizas en lugar de ojos, pero Natalia había bebido demasiado para pararse a pensar en nada más en la penumbra del pasillo.

—Muchacha —repitió el escocés disfrazado de soldado del siglo XIX—. ¿Quién eres? ¿Por qué puedes verme?

—No crea que le veo muy bien. Es por culpa del vino especiado.

—¿Eres una MacTavish?

—Soy una Castro. Vengo de The Crow.

—¡Por todos los demonios del infierno! —exclamó con alegría el escocés mientras parecía ondular como la llama de una vela sobre una colina—. La mensajera del cuervo, al amparo de la noche y del más allá. Eres la médium. El muchacho ha cumplido, mal rayo me parta.

—Eh, sí, soy la mediadora. —El acento del hombre le resultaba mucho más cerrado y críptico de lo que estaba acostumbrada a encontrar en Edimburgo—. ¿Es usted el señor MacTavish? Siento no haberme presentado antes, pero tropecé con Megan y sus damas de honor. Quizá podríamos entrevistarnos mañana, si a usted le parece bien, y revisamos el expediente y me cuenta...

—Echa el freno, muchacha. No sé cómo acostumbráis a proceder tú y tus cuervos, pero yo quiero quedarme hasta que termine la Navidad. Después seré todo tuyo. Empieza con los ritos y conjuros que necesites, pero nada de exorcismos hasta el año nuevo. Y debes avisarme antes.

Natalia, que se había quedado boquiabierta mientras escuchaba la perorata ininteligible del hombre, consiguió mantener los ojos abiertos un poco más y asegurarle que, si bien podía visitar sola la propiedad, deberían reunirse antes del día de Navidad. El hombre volvió a soltar media docena de improperios, le deseó buenas noches y, en lugar de irse pasillo adelante y escalera abajo, como hubiese sido de esperar en cualquier otro lugar del mundo civilizado, desapareció a través de la pared este.

—Crees que sabes lo que es la excentricidad hasta que visitas un castillo escocés —murmuró Natalia antes de caer dormida bajo el mullido edredón de su estupenda cama.

CUATRO

Los orígenes de la Navidad escocesa se remontan a la tradición nórdica de Yule, la celebración del solsticio de invierno, cuando los vikingos se preparaban para los meses de mayor oscuridad; quizá por eso buena parte de sus celebraciones consistían en quemar troncos (busca la procesión de antorchas del castillo de Edimburgo en la ficha navideña). Los celtas añadieron otras tradiciones para dar las gracias a la madre tierra por la abundancia de sus cosechas y, de paso, hacer la pelota a los bosques, porque en invierno la recolección de frutos silvestres y la caza complementaban su dieta. Estos ritos se diluyeron con las imposiciones cristianas posteriores, aunque en la actualidad, con el resurgir de los ritos paganos contemporáneos, se está recuperando la tradición de Yule. Así que, cuidado, procura no pararte debajo del muérdago, a menos que quieras acabar lamentablemente besuqueado por un escocés rebosante del espíritu de los bosques y del vino especiado.

Doctor David Willoughby, The Crow,
Breve guía para mi sucesor sobre castillos y jardines

Mientras terminaba de afeitarse, charlando distraído con el tío Archie, Henry repasó sus planes para quitar de la cabeza al espíritu esa idea absurda de abandonar Gaoth Tuath. No conseguía imaginarse el castillo sin la presencia benévola y jocosa del viejo capitán, siempre atento al paso de las estaciones desde la almena más alta, dispuesto a una partida de ajedrez, a otra copita de oporto, a una larga charla sobre los viejos tiempos del clan y su campaña en el ejército británico contra las tropas de Bonaparte.

Tras la batalla de Culloden, en 1746, que había interrumpido el linaje de muchas de las familias nobles escocesas, el poder y la estructura de los clanes se habían diluido hasta casi desaparecer. Casi, pero no del todo. A finales del siglo XVIII se rechazó la mayor parte de la legislación en su contra y, en vista de que la amenaza jacobita se había esfumado, incluso se derogó la Dress Act de 1746 que prohibía el uso de los tartanes y el kilt. Autores como James Macpherson, con su *Ossian*, o Walter Scott contribuyeron a la romantización de las Highlands, de los clanes y del gaélico y pusieron de moda el tartán familiar. En 1822, el rey Jorge IV vistió tartán en su visita a las Tierras Altas y, posteriormente, la reina Victoria, prendada de Escocia, fijó en Balmoral su refugio regio.

En las guerras napoleónicas y los conflictos posteriores, los MacTavish no habían sido los únicos en enviar al frente a sus aguerridos soldados en el batallón escocés o la Guardia Negra y, durante el siglo XX y hasta la actualidad, los jefes de clan no solo contaban con voz y voto en la constitución de la Cámara sino que eran convocados al Parlamento escocés cuando tenía lugar alguna sanción legislativa. Henry, que no ostentaba ningún título nobiliario más que el reconocimiento de jefe del diminuto clan MacTavish, solo asistía a esas reuniones simbólicas porque al tío Archie le encantaban. El capitán lo esperaba impaciente en la biblioteca, con una botella de oporto para él y otra de whisky para su sobrino, y escuchaba embelesado el relato de la sesión parlamentaria. Preguntaba por el aspecto y carácter de los jefes actuales de los clanes y los comparaba con sus respectivos antepasados que tuvo la desdicha de conocer. Henry sospechaba que al fantasma, recluido durante tantos años entre las paredes del castillo, se le escapaban los mecanismos del nuevo siglo y que su mente se resguardaba en el recuerdo y la seguridad de que su propio mundo perduraba en la sangre de los descendientes de aquellos orgullosos clanes que una vez legislaron Escocia.

Al igual que su socio, Henry se había tomado un par de semanas de vacaciones en el bufete. Al abogado le maravillaba que, pese a la peligrosidad de las reuniones familiares navideñas, la actividad legal bajase tanto en esas fechas; aunque nunca perdía la esperanza de que las denuncias y los pleitos llegasen después, con las resacas y el desencanto del año nuevo. Había viajado a Gaoth Tuath dispuesto a sobrellevar lo mejor posible las molestias del bodorrio de Megan, pero también para descansar y dedicar tiempo al tío Archie. Pensó que si sus planes daban resultado, una vez que su hermana y todos sus invitados hubiesen partido de regreso a sus vidas, todavía le quedaría una semana entera de paz y sosiego en el castillo, a solas con el entrañable fantasma.

—Maldita sea, no me estás escuchando —se quejó el espíritu—. Te digo que esa médium a la que has llamado tiene mucha prisa. Me vi obligado a dejarle claro que nada de exorcismos hasta después de Navidad.

Aunque no tenía ni idea de qué le hablaba, Henry conocía bien las artes de liante de su tío y prefirió no hacerle preguntas. Si Archie estaba convencido de que había llamado a una profesional para echarlo del castillo, tendría sus extrañas razones, pero no pensaba quedarse a escucharlas mientras existiese alguna posibilidad de hacerlo cambiar de opinión.

—Bien dicho, tío. Si me disculpas, tengo asuntos que atender. Te veo luego.

—¿Adónde vas? —El espíritu lo siguió escalera abajo, hasta el mismo dintel de la puerta principal—. Estás muy misterioso, muchacho.

—Dijo el ente sobrenatural —murmuró Henry saliendo a la mañana fría y luminosa.

—Deberíamos pasar más tiempo juntos —le gritó el capitán desde el dintel de piedra—. Tengo los días contados.

La risa ronca del tío Archie lo acompañó hasta que dobló la esquina del castillo. Se dirigió a paso enérgico hacia las caballerizas con la vaga inquietud de que algo estaba mal en la meteorología de ese diciembre; hacía frío, pero no el suficiente para esa época del año y todavía no había nevado. El mayordomo de su padre trasteaba en los arcones del improvisado garaje.

—Buenos días, Lodge.

—Señor.

—¿Tenemos hachas?

—De todos los tamaños.

—Creo que una grande me bastará. Gracias —añadió cuando el anciano le tendió la herramienta solicitada.

—Necesitará una pala, señor.

—¿Una pala?

—Para enterrar lo que sea que quede después de usar su hacha, señor.

—¿Qué piensa exactamente que voy a hacer con un hacha en mi bosque, Lodge?

—Lo que haga el señor en su bosque no es asunto mío.

Henry, que desde pequeño hablaba con un fantasma y cuya tolerancia a lo extraño alcanzaba cuotas generosas, se sabía la persona menos indicada para juzgar la excentricidad de los demás. Se encogió de hombros, se despidió del anciano y cruzó el prado comunal hasta el bosque. Disfrutó del camino de grava a la sombra de los altos pinos silvestres, respirando con placer el aire puro y frío de esa mañana clara de diciembre. Era el primer día de Yule y estaba dispuesto a conmemorar la fiesta como se merecía. Abandonó el camino, escogió un abeto joven y desramó con cuidado la parte baja del tronco. Estaba en posición, con el hacha levantada sobre la cabeza, las piernas separadas y las rodillas flexionadas, a punto de descargar el primer golpe contra el tronco, cuando un grito lo sobresaltó.

—¡Ni se le ocurra!

Una mujer de larga melena castaña, abrigo gris y bufanda roja surgió de entre la espesura. Con el corazón palpitante por el susto de muerte y el hacha todavía alzada, la idea de que la propia Titania habitaba en el bosque y había salido a su encuentro cruzó fugaz por la mente de Henry. Cuando la aparición se acercó lo suficiente para distinguir los ojos grises, las mejillas sonrojadas por el frío y las nubecillas de su aliento rozando unos labios perfectos, Henry se estremeció; pese a su expresión airada, le pareció tan hermosa como una mañana de Navidad.

—Suelte esa hacha, delincuente. ¿Sabe dónde está? —lo arengó apasionadamente—. Esto es un bosque caledonio, es un lugar sagrado, protegido, hogar de especies en peligro de extinción. Y es una propiedad privada.

—Lo sé. Por eso pensaba que nadie me molestaría.

—Voy a llamar ahora mismo al señor MacTavish. No puede talar árboles aquí.

—El señor MacTavish no piensa igual.

—Así que, además de ecoterrorista, es mentalista.

—Solo sé lo que piensa el señor MacTavish. Y a veces ni siquiera estoy muy seguro al respecto. ¿Qué tiene de especial este abeto?

—No es solo ese abeto, es todo. Las píceas, los pinos silvestres, los abedules, los serbales, los enebros... En toda Escocia ya solo queda un uno por ciento de bosque primigenio. La sobreexplotación maderera, el pastoreo de las ovejas y la caza del urogallo y el ciervo rojo han expoliado una riqueza vegetal que tuvo su origen hace unos trece mil años y se ha sustituido por especies foráneas que no han hecho más que agravar la pobreza del suelo y la deforestación. Como inglés, debería echar de menos los avistamientos de escribanos nivales.

—Me ofende, señora.

—Pensaba que todos los ingleses tenían un ornitólogo en su interior —dudó la reina de las hadas.

—Olvida dónde está. No es suelo inglés lo que pisan sus adorables pies.

—Exacto, este suelo debería ser Patrimonio de la Humanidad, y usted pretende expoliarlo.

—Solo quiero un árbol para Yule.

—Oh, claro, ¿y por qué no saquea también el musgo, el muérdago, el acebo y esos helechos para hacer guirnaldas?

—Justo eso pensaba, gracias por recordármelo.

La furia y el enfado habían sonrojado aún más las mejillas de la chica y el gris de sus ojos brillaba con intensidad cuando siseó:

—Si quiere un árbol búsquelo en otro lugar. Este bosque no le pertenece.

—Se equivoca —replicó un Henry solo turbado por el encanto de la mujer.

—Voy a informar de esto al señor MacTavish.

—Estoy impaciente por que lo haga.

—¡Eeeh! ¡Prima Mildred! —Megan, a la cabeza de su panda de damas de honor en bicicleta, se había detenido en lo alto de la suave pendiente del camino que atravesaba el bosque y gritaba entusiasmada en su dirección—. ¡Espéranos!

—*Weeeeee!* —chillaron todas a coro mientras se lanzaban colina abajo sin frenos.

—Creo que la buscan —se sorprendió Henry.

Pero cuando se volvió hacia su interlocutora, el hada había desaparecido sin dejar más rastro que el leve balanceo de los helechos a su paso.

—Ah, eres tú, hermano —lo saludó Megan, decepcionada, en cuanto sus ángeles del infierno se reunieron con ella—. ¿Adónde ha ido la prima Mildred? ¿Qué le has dicho para asustarla?

Henry recordaba bien a la prima Mildred, y aquella mujer, que acababa de darle una lección sobre los bosques caledonios con un suave acento extranjero y una pizca de furia asomando a los ojos más bellos que había visto nunca, no se le parecía en nada.

—Megan, ¿quién era esa chica?

—¿No te acuerdas de la prima Mildred?

—Cómo olvidar su negro entrecejo, sus ojos saltones y su encantadora manía de escupir mientras nos soltaba interminables sermones religiosos.

—No tenemos el mismo recuerdo de la prima Mildred.

—Porque en lugar de memoria siempre has tenido un exceso de imaginación, Megan.

—Menuda novedad; todos estamos equivocados excepto tú.

—Soy abogado.

—Las personas cambian. Si fueses una persona lo entenderías. Vamos, chicas, creo que Mildred se ha ido por allí, la alcanzaremos en el arroyo.

Henry ignoró las sonrisitas de las ángeles del infierno mientras lo dejaban atrás en sus bicicletas y se dispuso a retomar su tala del abeto. Pero al restaurarse el silencio ancestral del bosque algo cambió en la luz y un soplo de viento del norte le trajo el aroma de una vegetación tan antigua y poderosa como la historia de los MacTavish.

—Pensamiento y memoria —murmuró para no perturbar el trino renovado de los escribanos nivales.

Volvió a las caballerizas con el hacha en ristre y un enfado creciente contra sí mismo y su debilidad recién descubierta.

—Disculpe, Lodge —interpeló con brusquedad a su hombre para todo—, ¿usted conoció a la prima Mildred?

—Sí, señor. La tía Prudence y su padre la encontraron besando a Daniel McCullough en el vestíbulo.

—Demonio afortunado —gruñó.

—¿Señor?

Ignoró el desconcierto del mayordomo y, con la rapidez mental de uno de los mejores picapleitos escoceses, pensó en una alternativa a su plan inicial. Sus tierras limitaban al sur y al oeste con dos pequeñas parcelas madereras de píceas y tejos jóvenes, no podía ser tan complicado hacerse con un árbol para Yule sin ofender a los dioses caledonios.

—¿Nuestros vecinos siguen siendo los Campbell y los Ranald? —preguntó a Lodge—. Ambos poseen bosquecillos de abetos, si no recuerdo mal. ¿Qué tal nos llevamos con ellos?

—Disfrutamos de una cortés indiferencia mutua, señor.

—Servirá. ¿Puede prestarme la furgoneta, Lodge?

—Por supuesto, señor. Llévese también la pala y estos sacos de arpillera.

Henry se lo quedó mirando con la esperanza de que estuviese bromeando, hasta que recordó que nadie, en toda la historia de Gaoth Tuath, había visto cometer semejante despropósito a Ronald Lodge.

—No necesito deshacerme de ningún cadáver.

—Por supuesto que no, señor.

—Solo voy a pedir prestado un árbol.

CINCO

Trabajar para The Crow comporta ventajas que solo sus empleados aprecian, como pasar el día recopilando leyendas sobre castillos tétricos para decidir si son lo suficientemente truculentas para incrementar el precio de las visitas. En la letra G de «¡Guardias! ¡Guardias!» tienes el ejemplo de Glamis Castle. Cuenta la leyenda que en 1821 los condes de Glamis ocultaron en las mazmorras a su bebé recién nacido con la excusa de que, siendo generosos, no les había salido demasiado guapo. El pobre niño deforme se vengó de toda su estirpe muriéndose y convirtiéndose en el fantasma de un monstruo que todavía hoy ulula por los pasillos de la propiedad. Ser agente de The Crow no te salvará de ningún monstruo —ni en el castillo de Glamis ni en ningún otro—, pero te permitirá escribir informes con el verbo «ulular».

Doctor David Willoughby, The Crow,
Breve guía para mi sucesor sobre castillos y jardines

Aquella mañana, un par de horas antes de su airado encuentro en el bosque con el desaprensivo del hacha, Natalia se había despertado tarde y sorprendentemente sin resaca en la cómoda cama para invitados de la última habitación del pasillo oeste de Gaoth Tuath Castle. Después de ducharse en lo que su generosidad y optimismo consideraron agua templada, se vistió con un jersey azul de cuello alto y unos pantalones grises abrigados, se dejó suelta la larga melena castaña para que terminara de secársele y salió en busca de algo para comer. Aunque había estudiado los planos del castillo en la ficha correspondiente del doctor Willoughby, le costó encontrar la cocina en la planta baja al tiempo que esquivaba el comedor de la familia, donde suponía que desayunarían todos los demás.

La noche anterior, primero aturdida por su recién descubierto «parentesco» con Megan y luego borracha por la exaltación de este, no había reparado en la desnudez de las paredes, los techos y los suelos de los pasillos por los que pasaba. A diferencia del acogedor ambiente de la biblioteca, tan agradablemente amueblada, no había ni cuadros, ni tapices, ni alfombras, ni ornamentación ni reliquias familiares. Con una punzada de pena a la par que de admiración, fue consciente del sacrificio de los MacTavish, que habían escogido mantener el extraordinario castillo a costa de vender el resto de sus posesiones y recuerdos. Sospechaba que el ala este hacía tiempo que permanecía cerrada, y aun así, los gastos de conservar la propiedad en tan buen estado —por no mencionar los de mantenimiento y uso— debían de ser astronómicos. Se moría de ganas de visitar cada rincón del castillo, pero lo correcto era hacerlo en compañía de su actual propietario para que le expusiera con claridad la situación y ella pudiese ofrecerle el amparo de las fabulosas soluciones de rescate y conservación del siempre genial doctor Willoughby.

La cocina fue un hallazgo inesperado. Lejos de la mazmorra lúgubre que esperaba encontrar al final de la escalera que bajaba hasta el sótano, Natalia se vio en una amplia y bien iluminada estancia a ras de suelo por obra y gracia del desnivel posterior de los cimientos del viejo castillo. Bullía de animación bajo las órdenes de Madeline Lodge, una mujer en la sesentena que se presentó jovial a Natalia sin dejar de mangonear con la misma alegría a un par de atribulados pinches. Sus dominios olían a pan recién hecho, a mantequilla caliente, a canela, a menta y a calabaza asada.

—Pase, bonita, pase. Siéntese un momento en aquel rincón, que enseguida le sirvo unas tostadas —le dijo.

Fiel a su palabra, la señora Lodge se plantó ante ella al cabo de unos minutos con una bandeja cargada de teteras, tazas, pastelillos de cabello de ángel, *scones*, crema de avena, un plato rebosante de *haggis* —la combinación escocesa de carne, avena, cebollas, sal y especias—, y huevos con panceta, setas y estofado de judías. Pero ni rastro de las tostadas.

—¿Qué van a comer el resto de la semana? —se espantó Natalia.

—Aquí no hacemos las cosas a medias. —La cocinera le guiñó un ojo—. Aunque, si prefiere un desayuno más variado, la puedo acompañar arriba.

—No deseo molestar a la familia —se excusó Natalia, que no podía imaginar que existiese un desayuno todavía más variado.

Haciendo gala de una discreción que Natalia le agradeció incluso más que el desayuno, la señora Lodge se abstuvo de preguntar algo más. Sirvió el té para las dos, un excelente *earl grey* aromático y oscuro, llenó el plato de su inesperada invitada de pastelillos y galletas, y atacó feliz los huevos con panceta.

—Acostumbro a estar sola en la cocina, pero con la boda de la señorita Megan esta semana tengo ayuda, así que puedo permitirme desayunar por segunda vez sin mala conciencia. —Se rio entre bocado y bocado.

Natalia pasó un rato tan agradable en la cocina, con el ajetreo de fondo de los pinches y la amable cháchara de la señora Lodge, que se olvidó de todo lo demás. Pronto se cumplirían dos años desde que llegó a Escocia ligera de equipaje, dejando atrás un pantano de penas y tristezas. Esta era su primera Navidad en su país de acogida, sin familia —pese al empeño de la prima Megan— ni ataduras, sin sentido del deber ni sentimiento de culpabilidad. Y, de pronto, sentada en aquella cocina de las maravillas, compartiendo una taza de té con esa desconocida amable que la había recibido sin preguntar qué hacía allí o siquiera su nombre, supo que estaba en el lugar correcto. No tenía buenos recuerdos de las fiestas en casa de sus padres, donde lo mejor que podía ocurrirle era que la ningunearan en favor de su hermano y, mucho menos, de las ocasiones en las que había asistido con su exmarido. Incluso él, egocéntrico y distante, se había percatado de que la inquina y el desprecio de sus suegros, disfrazados de supuestas bromas, iban en aumento contra Natalia a medida que se vaciaban las botellas de ribeiro. Pese a todo, había sido difícil escapar de allí por la culpa y el miedo, por lo mucho que le había costado entender que los lazos familiares no venían de serie con el amor y la empatía. A veces, la verdadera familia se encontraba a lo largo del camino, sin apellidos en común.

—Muchísimas gracias por su hospitalidad, no quería molestar a la familia en el comedor —repitió a modo de despedida tras apurar su segunda taza de té y asegurar a la señora Lodge que no podía comer nada más.

Entre risotadas, la cocinera comentó con sus pinches la delicadeza de los extranjeros y aseguró a la joven que allí abajo siempre sería bienvenida.

Natalia se marchó a pasear por el bosque, tal y como se había prometido a sí misma la tarde anterior, con el alma ligera, una sonrisa en los labios y el propósito de volver al castillo a mediodía para almorzar con la señora Lodge. Se sentía libre y feliz, lejos de los fantasmas de las Navidades pasadas, con ganas de explorar el paisaje de cuento que le ofrecía Gaoth Tuath, respaldada por la seguridad de que sobre su mesilla de noche la esperaba la *Breve guía para mi sucesor sobre castillos y jardines* del doctor Willoughby. Quizá fue esa ligereza en el corazón lo que le dio alas para enfrentarse al arrogante leñador del bosque y huir despavorida de Megan y sus damas de honor, para seguir disfrutando de su paseo sin más interrupciones con el corazón palpitante por la euforia y el atrevimiento.

A mediodía volvió a la cocina del castillo espoleada por el gruñido de su estómago y la voz de su Pepito Grillo, que se había empeñado en recordarle que estaba allí para trabajar y no para jugar a Dora la Exploradora en el fabuloso bosque de un castillo ancestral. Descubrió que podía llegar a los dominios de Madeline Lodge por la entrada lateral del ala oeste de Gaoth Tuath sin tener que atravesar el vestíbulo del edificio principal y, de nuevo, apareció feliz ante la afable cocinera.

Una quiche de verduras, un asado de salmón fresco y una tartaleta de crema inglesa con frutas del bosque después, Natalia confesó a su compañera de mesa que necesitaba entrevistarse con el señor del castillo para empezar a elaborar su informe. Durante el agradable almuerzo, que esa vez incluyó a los dos pinches, se había presentado con todas sus credenciales, aunque fue algo imprecisa a la hora de explicar su trabajo por si vulneraba algún pacto de confidencialidad con su cliente.

—He venido a petición del señor MacTavish —aclaró tras repetir a la señora Lodge que necesitaba hablar con él—, pero me temo que lo he hecho en el peor de los momentos, con la boda de la señorita Megan y todo eso.

—No los molestará, se lo aseguro. La señorita Megan y

sus amigas son muy sociables. Las tres señoras viudas, que son más quisquillosas, no llegarán hasta la mañana de la boda, con la familia del novio, y solo se quedarán una noche porque les molesta la humedad. Habrá tanto revuelo de gente entrando y saliendo por aquí que nadie reparará en que usted no pertenece al clan. No se preocupe. En cuanto a lo de entrevistarse con el señor MacTavish, sin duda mi esposo sabrá decirle dónde encontrarlo.

—¡Madeline! —la llamó desde el umbral de la cocina un hombre canoso y delgado vestido con una especie de librea de pana verde muy desgastada—. Los del cáterin acaban de llegar; exigen hablar contigo antes de ocupar tu cocina. Y necesito una bandeja para el señor.

—Hablando del rey de Escocia. —Sonrió la señora—. Señorita Castro, este es mi marido, Ronald Lodge. Estoy segura de que la acompañará hasta el comedor principal. Ahora voy, querido —dijo al recién llegado antes de instar a los pinches a que le prepararan una bandeja con el menú.

—¿Ha almorzado aquí en lugar de en el comedor grande con la familia?—se extrañó Lodge mientras miraba de arriba abajo a Natalia, como si sospechase de sus intenciones.

—No quiero molestar, pero debo entrevistarme con el señor MacTavish.

—Acaba de volver de... de un sitio. Está escondido en la biblioteca.

Su esposa le puso entre las manos una bandeja enorme cargada hasta los topes de platos de distinto tamaño cubiertos con campanas de filigrana dorada, se despidió de Natalia con un sonriente deseo de buena suerte y se marchó en busca de los del cáterin de la boda.

—¿Es usted el mayordomo? —se atrevió a preguntar Natalia al temible anciano de la librea, que no parecía decidirse a abandonar la cocina mientras la extranjera sospechosa siguiese allí.

—Y guardabosques —masculló.

—Oh, el guardabosques. Esta mañana he tenido un encuentro muy desagradable con un hombre que pretendía talar uno de los abetos del señor MacTavish. Lo he pillado con el hacha en la mano.

—¿Podría describírmelo?

—Alto, fuerte, con el pelo castaño, maleducado y... —Natalia se calló a tiempo antes de pronunciar «muy atractivo».

—¿Lo de maleducado lo dice porque la amenazó con el hacha?

—Era arrogante —puntualizó.

—Acompáñeme, señorita Castro. —La expresión de Lodge parecía haberse iluminado con algún tipo de epifanía, y un nuevo brillo, que Natalia no supo interpretar, bailaba en sus ojillos malvados—. Algo me dice que el señor estará encantado de recibirla.

Cuando atravesaron el vestíbulo, Natalia se quedó de piedra al contemplar el enorme abeto que ocupaba el espacio junto a la suntuosa escalinata que llevaba a los dormitorios de la segunda planta. Parecía una conífera joven, de crecimiento rápido, seguramente destinada a la industria papelera, por lo que pudo deducir de la apariencia de su tronco, sus ramas y sus agujas. El árbol hundía las raíces en una maceta enorme, rodeado de media docena de grandes cajas de cartón; las que estaban abiertas dejaban entrever guirnaldas vegetales, ramilletes de acebo y alegres lazos de terciopelo rojo y dorado.

—Es un regalo, cortesía de los Campbell —señaló Lodge con cara de póquer cuando se percató de que Natalia se había detenido para contemplar el abeto—. El señor MacTavish sufrió un percance con una activista esta mañana en su bosque y tuvo que cambiar de planes. Ha vuelto hace un rato de visitar a los Campbell, que han sido tan amables de compartir con él sus adornos para Yule, además de prestarle el árbol y la maceta. En vida del viejo señor jamás se habría permitido semejante miseria en el Gaoth Tuath Castle. Tenía su orgullo para ir pidiendo nada a los vecinos.

—¿El señor MacTavish? —balbuceó Natalia, algo confusa.

Pero era demasiado tarde para las explicaciones. Lodge había seguido adelante y la joven apretó el paso para alcanzarlo. Antes de que tuviese ocasión de preguntar nada más, se encontró en la puerta de la biblioteca, pegada a los talones del marido de la cocinera.

—Buenas tardes, señor, le traigo el almuerzo y a su invitada —dijo mientras cruzaba la sala hasta el escritorio más alejado de la chimenea, donde un hombre a contraluz leía el periódico. Colocó la bandeja sobre los libros que atestaban la mesa sin molestarse en hacer sitio y sin dejar de hablar—. En la cocina me han dado instrucciones de acompañar a la señorita, que solicita una entrevista con el señor. Si necesita algo más, no dude en llamar.

Natalia se quedó clavada sobre la mullida alfombra en cuanto reconoció al hombre que tenía delante. La claridad que proporcionaba el ventanal a sus espaldas confería a su rostro una expresión sombría y dura que no había percibido bajo la tamizada luz de los árboles.

—Usted no es el señor MacTavish. —Le salió un hilo de voz muy alejado de la animada reprimenda que le había soltado en el bosque, cuando lo sorprendió a punto de atentar contra un abeto centenario con un hacha.

—Y usted no es la prima Mildred —contraatacó él poniéndose en pie. De pronto, parecía demasiado alto, a menos que la biblioteca hubiese encogido.

—No es más que una confusión.

—Justo eso fue lo que dijo la prima Mildred cuando la pillaron besando a Daniel McCullough —murmuró Lodge a sus espaldas—. En la cocina se habían olvidado del vino —se disculpó ofreciendo la botella al señor.

El mayordomo había vuelto tan rápido que Natalia lo miró con desconfianza, segura de que se había quedado en la puerta, con la botella preparada, atento a la conversación de la biblioteca.

—Déjenos, Lodge, yo me encargo.

—¿Señor? —El anciano parecía reacio a marcharse otra vez.

—Puedo servir el vino —le aseguró Henry con el ceño fruncido—. A menos que piense que pretendo envenenar a la señorita.

—En absoluto, señor.

Para la intranquilidad de Natalia, que acababa de hacerse la promesa de no aceptar ni un sorbo de vino, el hombre del bosque salió de detrás del escritorio y le tendió la mano en cuanto Lodge los dejó a solas.

—Henry MacTavish, abogado y jefe del clan MacTavish de Gaoth Tuath.

De cerca, el ecoterrorista le sacaba más de dos palmos y olía maravillosamente bien, a algodón limpio, a abeto y a promesas cumplidas. Antes de que cayese en la cuenta de las tonterías románticas en las que estaba pensando, Natalia se encontró conmovida por la agradable firmeza de su tacto. Distraída, dejó que sus manos se estrechasen durante tanto tiempo que podrían haber bailado medio vals. Recuperó su extremidad con un suave tirón, sacudió un poquito la cabeza para romper el hechizo —seguramente propiciado por la magia de las recetas de la señora Lodge— y se esforzó en devolverle la mirada con desconfianza mientras daba un paso hacia atrás.

—¿Por qué le cuesta tanto aceptar mi palabra de que soy quien digo ser? —Pareció un tanto decepcionado cuando Natalia aumentó la distancia que los separaba—. Piense un momento; estoy en *mi* castillo, me muevo a mis anchas en *mi* biblioteca, Lodge se comporta como *mi* empleado, esta mañana usted me encontró en *mi* bosque intentando talar uno de mis árboles.

Tenía los ojos de color avellana, el jersey gris le quedaba fenomenal y su nariz y su mandíbula trasmitían un carácter y una fortaleza solo suavizados por el pelo ligeramente despeinado y algo más largo de lo que cabría esperar en un abogado casi conservador —estaba leyendo *The Herald*— de Inverness.

—Anoche hablé con el señor MacTavish —acertó a pronunciar la joven haciendo un esfuerzo por recuperar la concentración— y no se parecía en nada a usted. —Tuvo el acierto de no añadir «por desgracia».

—Anoche me retiré temprano a mi habitación. Mi hermana y sus amigas han tomado por asalto el castillo y a veces necesito un poco de paz; algo que sospecho que usted y yo compartimos a juzgar por lo rápido que desapareció en el bosque en cuanto la pandilla al completo, en bicicleta, la persiguió. Pero mi cerebro está acostumbrado a lidiar con altos niveles de estrés sin que se resienta mi memoria; si me hubiese topado con usted antes de esta mañana, créame que lo recordaría.

—Anoche me encontré al señor MacTavish en el pasillo de la segunda planta, de camino a mi habitación. Es un hombre en la cuarentena, de pelo canoso y corte anticuado, con patillas muy grandes. Va vestido como si acabase de salir del ensayo de una recreación histórica de la batalla de Culloden.

—Waterloo —la corrigió el abogado—. Llevaba el uniforme de su batallón. ¿Cómo es posible que hablase con él? —La miró con el ceño fruncido durante lo que a Natalia le pareció una semana entera, hasta que las palabras salieron algo dubitativas de nuevo por sus labios—. Me temo que se encontró con mi tío Archibald MacTavish. El *otro* señor MacTavish que todavía habita Gaoth Tuath Castle. Es un poco excéntrico.

A eso sí que podía encontrarle sentido. Natalia respiró aliviada y casi sonrió cuando dijo:

—Pensé que no le había entendido bien, su pronunciación me resulta complicada.

—Yo suelo ser el único que lo entiende, no se preocupe.

—Le debo una disculpa —concedió Natalia al fin.

—No parece usted demasiado convencida.

—Cuesta creer que el propietario de una rareza tan fabulosa como una porción de bosque caledonio decida talarlo.

—No exagere. Solo quería un árbol para Yule. He tenido que mendigar uno a los Campbell. Lodge nunca me lo perdonará.

—Me alegra que haya entrado en razón. Será mejor que le deje comer tranquilo, aunque si usted y no su tío es el propietario actual de Gaoth Tuath necesitaría que me dedicase algo de tiempo esta tarde o cuando pueda.

—Le dedicaría mi vida entera, no me malinterprete, pero sigo sin saber qué...

—Oh, disculpe.

—¿Por gritarme en mi bosque y confundirme con un leñador furtivo?

—Por no haberme presentado todavía —lo cortó ella, muy seria—. Soy Natalia Castro, de la Oficina de Rescate de Patrimonio Escocés, en Edimburgo. Estoy aquí por su solicitud. Mi jefa, Sigourney Glenn, decidió que podíamos cumplimentar el expediente antes de Navidad. Pensé que le habría informado de mi llegada.

Creyó ver que una sombra de pesar atravesaba el rostro del señor MacTavish borrando la expresión socarrona con la que había estado discutiendo con ella hasta el momento.

Henry asintió con un gesto de gravedad, volvió a sentarse tras el escritorio y pareció como si le costase pronunciar las palabras cuando le dijo:

—No la esperaba tan pronto, pero estaré encantado de reunirme con usted en mi gabinete privado, sobre las cuatro y media de esta tarde.

Natalia salió de la biblioteca más atribulada de lo que prefería reconocer, sin preguntar siquiera qué demonios era un gabinete privado y dónde lo encontraría.

SEIS

Nunca escuches al propietario de un castillo cuando te asegure que no merece la pena abrir al público sus parques y jardines. Lo más probable es que esté intentando proteger la intimidad de los seres feéricos que los habitan. Insiste en inspeccionar cualquier bosque, jardín, arboleda o lago incluidos en la propiedad y prepárate para quedarte sin aliento. Busca, en la letra V de «Voldemort», *Visitando los jardines más extraordinarios de Escocia*, mis conversaciones con los Ghillie Dhu.

Doctor DAVID WILLOUGHBY, The Crow,
Breve guía para mi sucesor sobre castillos y jardines

Tras incorporarse al bufete después de las vacaciones de verano, agobiado por las facturas pendientes de la contribución y la reparación del tejado del torreón norte, que necesitaba tejas nuevas antes del invierno, Henry se había descargado en internet el formulario de solicitud de Rescate de Patrimonio. Lo había cumplimentado y enviado con rapidez, intentando convencerse de que no era más que un plan B, un respaldo por si necesitaba ayuda más adelante, ignorando la vocecita que desde hacía años le repetía que mantener una propiedad como Gaoth Tuath resultaba inverosímil para un abogado del siglo XXI. Ni siquiera se detuvo a pensar en cómo se lo tomarían Megan o el tío Archie. Su hermana, tras lamentarse con amargura por la poca solvencia del jefe del clan MacTavish, había decidido celebrar allí su tercera boda por si todo acababa en la pérdida del castillo, posibilidad que a Henry le pesaba como si fuese él quien arrastrase las cadenas por los pasillos.

No podía desprenderse de Gaoth Tuath por muchas razones, casi todas sentimentales y equivocadas. Pero esa tarde, esperando a Natalia Castro en el gabinete, entendió que tenía justo delante de sus narices su principal preocupación por el destino de la propiedad familiar, vestido con una camisa gris, el tartán del clan y botas militares, suspendido a medio palmo de una silla para mantener la ilusión de que podía sentarse en ella. El fantasma del tío Archie no podía salir del castillo; si este cambiaba de manos y dejaba de pertenecer a los MacTavish, Henry no estaba seguro de qué le sucedería a su centenario pariente. Además, si Archie se enteraba de que su sobrino había iniciado los trámites con la Oficina de Rescate de Patrimonio, su deseo de desaparecer se vería respaldado por las circunstancias o, quizá, se haría realidad con más facilidad de lo que habían supuesto. El abogado nunca se había molestado en investigar sobre los fantasmas ancestrales que parecían residir en casi todos los castillos escoceses, porque ya tenía suficiente con el suyo propio, e ignoraba qué había sido de ellos cuando sus clanes perdieron sus respectivas propiedades.

En Dunnottar Castle habitaban la Dama Verde, un sabueso —¿el de los Baskerville?—, un guerrero vikingo y una señora picta con una crisis de fe; en Eilean Donan Castle, que había sido de los MacKenzie, moraban lady Mary, un escuadrón de soldados españoles de 1719 y un monstruo lacustre; en el castillo de Stirling, un highlander charlaba con los visitantes, que lo confundían con un guía hasta que se desvanecía delante de sus narices —seguramente porque estaba hasta el moño de las selfis y no le dejaban propina—, por no hablar de la criada de María Estuardo, otra Dama Verde y una Dama Rosa; incluso por el de Edimburgo corría un gaitero sin cabeza. Todo parecía folclore para los turistas, notas simpáticas para aderezar antiguas leyendas o hacerse eco de la literatura ambientada en tierras escocesas, como el caso de los castillos de Glamis y de Cawdor, así como el de Macbeth en la obra de William Shakespeare. La verdadera historia de cada castillo no era, ni mucho menos, tan romántica y misteriosa, y en muchos casos consistía en pérdida, muerte o expropiación, por no mencionar la tristeza del olvido, de la disolución de unas raíces antiguas como el tiempo en la ruina de los actuales propietarios.

—¿Has visto ya a la muchacha?

La pregunta del tío Archie sacó a Henry de sus pensamientos. Decidió que, por el momento, era mejor no contarle nada sobre la verdadera identidad de Natalia Castro.

—Le he pedido que se reúna conmigo aquí, en unos minutos —añadió consultando la hora en su móvil.

—Es extranjera, habla muy raro.

—¿Muy raro para ser de este siglo?

—Raro para ser escocesa. No es de aquí.

—Lo que me parece extraño es que te viese y hablase contigo. Pensaba que solo podías interactuar con la familia.

—Qué más quisiera que me viesen todos los MacTavish, muchacho. En todos estos años solo he hablado con los herederos de Gaoth Tuath, como ya sabes, y la mitad de ellos tenían una conversación menos que aceptable antes de tomarse un par de vasos de whisky y apenas un poco más que eso después de bebérselos. La muchacha me ve porque tiene conexión con el mundo de los espíritus, me dijo que venía de The Crow, un aquelarre moderno de brujas y exorcistas.

Para ser un soldado escocés del siglo XIX que odiaba *Los*

misterios de Udolfo y que nunca había leído a sir Walter Scott, la imaginación del tío Archie resultaba prodigiosa. Estaba a punto de preguntarle por lo de The Crow cuando unos golpecitos en la puerta anunciaron la llegada de la visita.

—Adelante.

Natalia Castro entró en el gabinete abrazada a un enorme libro encuadernado en tapas rojas y letras doradas. Saludó al tío Archie con un gesto respetuoso de cabeza y clavó sus prodigiosos ojos grises en los de su sobrino. A Henry le pareció que el pequeño despacho de paredes de piedra y sencillos muebles de pino antiguo se llenaba de luz con su presencia.

—Señores MacTavish —añadió.

—Llámeme Henry, por favor.

—A mí llámeme para la invocación. —Rio el fantasma—. Menudo grimorio traes ahí, muchacha.

—Se refiere al libro —aclaró Henry cuando Natalia pareció desconcertada.

—Es la guía del doctor Willoughby, mi antecesor en el cargo. Y también traigo el plan de propuestas para Gaoth Tuath, estoy segura de que encontraremos la más adecuada para su castillo.

—¿Qué le pasa al castillo, Henry? El que no está donde debería soy yo, mal rayo me parta. Al condenado castillo no le ocurre nada.

—Tío Archie, qué pena que no puedas quedarte a la reunión.

—¿Por qué no? Soy el principal interesado, maldita sea.

—Porque tenías esa otra cosa urgente en el ala este.

—¿De qué hablas, muchacho?

—Si me disculpa un momento, señorita Castro...

—Natalia, por favor.

Henry se acercó a la puerta del gabinete y la abrió con la esperanza de que el espectro entendiese la indirecta.

—Tío —susurró en gaélico para no asustar a su invitada—, los exorcismos funcionan mejor cuando el espíritu no se lo espera.

—¿Como Wellington y la retaguardia prusiana en Waterloo?

—Algo así. Si te quedas y te explicamos todo lo que pasará y cómo lo haremos, perderemos el factor sorpresa.

—Bien. Pero pregunta a la bruja de dónde es. Si no entiende nada de lo que le digo no sé cómo va a llevar a cabo el exorcismo.

—Es una profesional, ella sabrá qué hacer. —En el sentido estricto de la frase, Henry no estaba mintiendo.

—Condenado abogado —gruñó el fantasma—. Está bien. Te veo más tarde.

Hizo un mutis perfecto, excepto por un detalle: en lugar de pasar por la puerta que su sobrino mantenía abierta para él, prefirió atravesar la pared para abandonar el gabinete.

Henry se volvió hacia Natalia dispuesto a confesarlo todo sobre la naturaleza de su tío y después invocar muy fuerte a todos los dioses del inframundo —con los que cualquier abogado que se precie debería mantener un contacto habitual— para rogarles que la joven no escapase corriendo hasta Edimburgo. Pero la chica no parecía haberse dado cuenta de las habilidades sobrenaturales del otro MacTavish porque le dedicó una sonrisa tímida y quedó a la espera. El atribulado Henry decidió que el truco para no olvidarse de respirar cada vez que la tenía delante era no mirarla durante demasiado tiempo seguido.

—¿Te parece bien si nos tuteamos? —Esperó a que Natalia asintiese e hizo un esfuerzo por parecer una persona más o menos racional, sin contacto con los dioses del inframundo—. ¿Por dónde empezamos? ¿Qué necesitas?

—He traído algunas propuestas para el rescate y mantenimiento del castillo, ya que salta a la vista que no está en ruinas. Aunque me gustaría visitarlo en su totalidad. Después te dejaré los planes de actuación del doctor Willoughby para que puedas escoger qué solución se adecua mejor a las necesidades del patrimonio. No te pediré que decidas ahora, solo recabo datos para la elaboración del informe inicial que debo presentar a mi jefa. Te ayudaré con los impresos de solicitud de subvenciones históricas y revisaré los...

—¿Quién es el doctor Willoughby?

—Mi antecesor en el cargo, el autor de esta guía y de las fichas patrimoniales de casi todos los castillos del país. Tenía unas ideas geniales.

—¿Tenía? ¿Está muerto? —preguntó esperanzado Henry; la pasión con la que ella seguía abrazada al mamotreto del tal Willoughby lo predisponía en contra de la existencia del maldito doctor.

—No... No lo sé. Nunca lo he visto. Cuando me contrataron, ya se había jubilado.

—Pues lo siento por él —mintió el jefe del clan MacTavish—, pero se va a quedar aquí mientras me llevo a su sucesora de *tournée* por el castillo.

La desprendió con delicadeza del enorme libro, lo dejó sobre la mesa y, de la mano, la condujo afuera del gabinete.

—Como ya sabrás, estamos en la torre norte del ala oeste, donde tengo mi dormitorio —explicó señalando la otra puerta del descansillo— y mi gabinete. Antiguamente, estas dos habitaciones eran los aposentos del primogénito del señor del castillo o, en su defecto, de su primer teniente y consejero, pero me gustan más que el dormitorio principal. Hacia abajo, la segunda planta, las habitaciones de invitados; hacia arriba, la atalaya de vigilancia. Está un poco polvorienta, pero las vistas merecen la pena. La torre sur es idéntica a esta, solo que permanece cerrada desde hace años, al igual que el ala este del castillo. No se utilizan desde 1950, si no recuerdo mal. Es imposible mantener caldeada la totalidad de esta ala porque, a menos que me toque la lotería, no puedo instalar calefacción, así que dependemos de la chimenea de cada habitación o, en su defecto, de abrigarnos a discreción. Los días de lluvia hace más frío dentro que fuera del edificio.

A medida que subían hacia la atalaya, los peldaños de la escalera de caracol se iban estrechando y las explicaciones de Henry fluían con naturalidad. Había olvidado lo mucho que le gustaba la historia de Gaoth Tuath y de sus antepasados. Casi tanto como le gustaba la bella recién llegada.

—El tío Archie dice que en 1805 desde aquí hasta las tierras de los Campbell era todo bosque —señaló.

Estaban en la última planta del torreón y se asomaban por una de las pequeñas ventanas rectangulares que daban al norte.

—Sigue siendo un paisaje impresionante —dijo Natalia.

—Lástima que los escoceses hayamos aniquilado tu bosque caledonio.

—Los seres humanos somos la peor plaga de este planeta.

En Galicia, mi tierra natal, cada verano se calcinan miles de hectáreas de bosque aluvial para construir, para la industria maderera, para el pastoreo o por pura maldad. Fresnos, abedules, avellanos y alisos y un sotobosque de helechos, líquenes y musgo. Las Fragas do Eume, la Fraga de A Marronda, el bosque da Fervenza sobre el Miño, la Ribeira Sacra con sus vides y sus viticultores, los héroes del Sil, así llamados porque tiempo atrás arriesgaban sus vidas colgándose de los acantilados sobre el río para recoger la uva dorada y verde esmeralda de su denominación de origen.

—Hablas de tu tierra con nostalgia.

—Solo de su flora. Soy botánica.

—Eso explica muchas cosas. —Henry sonrió—. Pero no cómo fuiste a parar a la Oficina de Rescate de Patrimonio Escocés.

—Vine a Edimburgo para dejar atrás parte de mi pasado y me enamoré de este país, de sus bosques y sus colinas, de sus lagos, de su horizonte.

—¿También de su clima?

—Galicia y Escocia tienen más en común de lo que crees. La lluvia, el frío, la herencia celta, los gaiteros y sus acantilados salvajes sobre un Atlántico furioso en el oeste.

—Te sientes como en casa.

—Me siento bienvenida —asintió.

—Quizá pensabas que éramos simpáticos hasta que conociste a Lodge.

—¿Qué le pasa a ese hombre? Le pregunté cómo podía llegar hasta tu gabinete y se largó murmurando algo sobre mi actitud de reina ofendida y los buenos tiempos de la querida Bloody Mary. Me acompañó hasta aquí uno de los pinches de la señora Lodge. Ella sí que te hace sentir bienvenida y no parece guardar tanto cariño a los Tudor.

Henry soltó una carcajada, admirado y sorprendido por el sentido del humor de la joven. Todavía frente a la tacaña ventana del norte, con la mirada perdida más allá del prado descuidado y de los altos árboles, Natalia Castro se erguía tranquila y relajada, como si perteneciese a aquel lugar tan cargado de historia y de leyendas. Había algo en lo que Lodge no se equivocaba: tenía el porte de una reina inglesa.

—Los Lodge viven en la casita del guardés —le explicó mientras señalaba con un gesto vago hacia el sur—. No se ve desde aquí, está al otro lado. Han servido a la familia desde tiempos de mi abuelo y conocen este castillo casi mejor que el tío Archie. Pero si me preguntas por Ronald Lodge solo puedo decirte que es eficiente, cumplidor y leal como el más oscuro de los malos presagios. Ven, te enseñaré la planta baja. He ordenado que se mantenga cerrado a cal y canto el salón principal mientras termino de decorarlo para la ceremonia, quiero que sea una sorpresa para todos, en especial para Megan, pero te harás una idea si ves el vestíbulo y el comedor porque toda la planta mantiene los frisos y las columnas originales de 1800. Los diseñó William Playfair, el gran arquitecto que tocó con su luz ateniense el Edimburgo de principios del siglo XIX. Fue amigo de mi tatarabuelo Angus y remodelaba parte del castillo cada vez que venía de vacaciones.

Se detuvieron en el último descansillo de la amplia escalinata, sorprendidos por la actividad febril del vestíbulo.

—¡Prima Mildred! —gritó Megan—. Ven a ayudarnos con los adornos de Navidad.

Rauda como la ardilla que no era, Megan atrapó a Natalia y la arrastró escalera abajo entre las risitas de sus damas de honor. En el último escalón dejó libre a su presa, volvió sobre sus pasos y besó a su hermano en la mejilla con verdadero afecto.

—Henry, esta vez te has superado, el árbol es precioso.

—El árbol de los Campbell —gruñó Lodge desde lo alto de una escalera de tijera.

Al jefe de los MacTavish le agradó especialmente que su hermana hubiese reclutado al viejo mayordomo para colgar los adornos más altos; si había algo a lo que Ronald Lodge no podía resistirse era al encanto de su señora.

Resignado a la inquebrantable voluntad de la fuerza de la naturaleza pelirroja, Henry recogió un par de cajas de muérdago y acebo al pie del árbol y tendió una a su invitada.

—¿Te apetece colaborar en los festejos de Yule?

Escogieron el dintel más alejado del vestíbulo, a salvo de las miradas ceñudas de Lodge y donde los grititos de entusiasmo de las damas de honor resultaban tolerables, y se dispusieron a colgar sus adornos vegetales de los pequeños soportes disimulados en la piedra gris. Henry, que facilitó un taburete a su invitada para que pudiese alcanzar el dintel con más facilidad, le explicó que se sentía un poco culpable por haber interrumpido una tradición familiar tan longeva.

—Mi familia siempre cuelga muérdago por Yule, ni siquiera cuando se prohibió la Navidad en Escocia dejaron de hacerlo. Me gustaría que este año todo vuelva a ser como cuando Megan y yo éramos pequeños. Quiero que, por lo que pueda pasar después, el tío Archie se lleve este último recuerdo con él. Por si perdemos el castillo, quiero decir.

—Intentaremos que eso no suceda. —Natalia le sonrió con la esperanza brillando en el hermoso gris de sus ojos—. ¿Qué diferencia hay entre Yule y la Navidad?

—En nuestro siglo, apenas ninguna porque los ritos se han ido mezclando, sobre todo desde que la reina Victoria y su esposo pusieron de moda lo de los regalos bajo el árbol y todo lo demás. Yule es una fiesta pagana que, antes de la llegada del cristianismo a estas tierras salvajes, se celebraba para dar gracias a la madre tierra por las cosechas, ya a buen recaudo en los graneros, y en la que se rendía pleitesía a la naturaleza y los bosques. Se celebraba el solsticio de invierno; se ponían velas en las ventanas como recuerdo de una luz que sería fugaz en los meses siguientes, se pedía al bosque que fuese benévolo con sus frutos y su caza. La familia escogía el tronco de Yule (como ves, nosotros también hemos caído en la trampa victoriana y lo hemos sustituido por el abeto), se quemaba el del año anterior y sus cenizas se esparcían por los campos de la familia como símbolo de la fertilidad.

—Pensaba que el muérdago y el acebo eran los símbolos de la fertilidad.

—Pues no estoy seguro —concedió Henry entregándole un ramillete para que lo colgase sobre el dintel—. El tío Archie me contó que viene de la mitología nórdica: Balder, hijo de la diosa Frigga, murió traspasado por una flecha de muérdago. Cuando su madre lloraba sobre el cadáver brotaron bayas del muérdago y ella las bendijo con deseos de protección para que quienes pasasen bajo sus ramas tuviesen buena fortuna. No sé en qué momento la costumbre cambió.

—¿La de besarse bajo el muérdago?

Quizá, si ella no lo hubiese preguntado, a Henry no se le habría pasado la tentación por la cabeza. O quizá sí. Porque estaban muy cerca el uno del otro, las manos rozándose para atar el mismo adorno, la agradable intimidad que se había creado con su conversación a media voz, la emoción de Yule y el hada más bella del mundo suspendida sobre la punta de sus pies porque apenas alcanzaba la ristra de lucecitas navideñas. Habría sido muy fácil apartarle el mechón de pelo de la mejilla, recorrer despacio su perfil suave hasta la barbilla y besar los labios apenas abiertos de la ninfa por vez primera, temeroso de que echase a volar.

—Se lo podemos preguntar al tío Archie —respondió al fin, y carraspeó nervioso volviendo a la realidad. De repente se sintió vencido y viejo, avergonzado por una fantasía adolescente—. Siempre y cuando no se ponga demasiado nostálgico con sus historias sobre la bella Audrey de los MacBride.

—Esas son las mejores historias. —Natalia sonrió.

—A veces se deja llevar por el romanticismo.

Henry terminó con las guirnaldas y le ofreció la mano para ayudarla a bajar del taburete.

—Nos encontramos en un castillo legendario, habría que estar muerto para no dejarse llevar por el romanticismo.

—A menos que seas Ronald Lodge —murmuró Henry muy cerca del oído de Natalia para evitar que el aludido lo oyera—, en cuyo caso estarías planeando cómo deshacerte de los incautos románticos del castillo.

—Henry —los interrumpió Megan, sorprendiéndolos por la espalda—, ¿qué hacéis ahí parados bajo el muérdago? Ni se te ocurra besar a la prima Mildred. Bastante tiene la pobre con olvidar todo aquello de Daniel McCullough como para cargar ahora con el incesto. ¿Qué diría la tía Prudence?

—Que no reconoce a la prima Mildred. —Su hermano suspiró y, a su pesar, se separó del hada de los ojos grises.

—Mildred, querida, no le hagas ni caso, se le ha subido a la cabeza lo de ser jefe de clan. Por cierto, tienes que enseñarme tu vestido para la boda.

—Celebraremos la ceremonia el veinticinco por la mañana —le aclaró Henry.

—No pensaba quedarme tanto.

—Qué tontería, por supuesto que te quedarás a mi boda, ¿para qué has venido si no?

—Para redactar un informe sobre Gaoth Tuath.

Henry le guiñó un ojo. Era el único que sabía a qué se debía su estancia en el castillo de los MacTavish.

—A Megan le encantaría que te quedases —dijo.

—Considérate invitadísima —insistió la aludida—. Y no te preocupes por nada, Daniel no ha sido invitado a la boda. Y si lo fuese, Henry no tendría escrúpulos en darle una paliza.

—Estaría encantado.

—¿De dar una paliza a Daniel McCullough? —se escandalizó Natalia.

—De que te quedases —respondió Henry con toda la calidez de la que fue capaz.

SIETE

No hay nada de romántico en un escocés preocupado por su castillo. Busca en la letra T de «Te lo advertí» y lee el caso de Tharnamara Caisteal. Fue necesario llamar a tres dotaciones de bomberos para lograr que Robert Campbell abandonase los escombros humeantes de su propiedad. Su castillo se había quemado durante la noche y resultó imposible salvarlo. Maldijo en cinco lenguas distintas a los miembros de los clanes rivales (hasta la quinta generación) sospechosos del incendio y no hubo manera de convencerlo de que había sido por la vieja caldera del sótano. Nunca cuestiones la imaginación de un highlander cuando habla de tortura y asesinato.

Doctor DAVID WILLOUGHBY, The Crow,
Breve guía para mi sucesor sobre castillos y jardines

Henry MacTavish, con un kilt que apenas cubría su musculoso cuerpo de cintura para abajo, la subió entre sus poderosos brazos hasta lo alto de la torre norte de Gaoth Tuath. Abrió la puerta del dormitorio de una patada, la depositó con dulzura bajo el dosel de su enorme cama y se inclinó sobre ella para besarla con pasión.

—¡Muchacha!

Casi podía notar el peso de aquel aguerrido guerrero del sur de las Highlands, sus varoniles labios cerniéndose sobre ella con un abrasador y palpitante... ¿frío?

—¡Muchacha, despierta!

Natalia se esforzó por abrir los ojos, pero seguía sin ver nada. A tientas, buscó el interruptor de la lámpara de su mesilla y cuando encendió la luz se dio de bruces con el tío Archie, vestido con un camisón de abuela victoriana, un gorro de dormir y cara de enfado. Se sonrojó al darse cuenta de que no había ni rastro del musculoso guerrero MacTavish con el que, para su pudor de mujer acomplejada del siglo XXI, había estado soñando.

—¡Por fin! Date prisa —la apremió el excéntrico hombrecillo—. Hay un inglés borracho aporreando la puerta principal.

—¿Pero qué...? Señor MacTavish, son las tres y veinte de la madrugada —se quejó Natalia tras consultar el móvil en su mesilla.

Volvió a recostarse sobre la mullida almohada, se subió hasta la barbilla el edredón celeste y maldijo al hombre, en silencio y todavía avergonzada, por despertarla de su sueño perturbador.

—¡Ni se te ocurra volverte a dormir, diantres! Levanta, muchacha, no seas perezosa, vamos abajo.

La voz del otro señor MacTavish tenía algo de imperativo que la obligaba a obedecer, como si en una vida pasada, antes de dedicarse a la recreación histórica, hubiese sido soldado. Se sentó en la cama y empezó a ponerse los calcetines, del revés, con los ojos todavía medio cerrados. En la chimenea del dormitorio no quedaban más que ascuas, hacía un frío que hubiese incomodado a la mismísima Elsa de *Frozen* y no pensaba andar descalza sobre el suelo de piedra de un castillo del siglo XVIII.

—Venga, venga, maldita sea, date prisa, ¿no oyes los aldabonazos del bribón? —Por un instante, el tío Archie dejó de apremiarla y la contempló boquiabierto—. Por todos los dioses, ¿qué llevas puesto?

Natalia, recatadamente vestida con su pijama de Harry Potter de grueso terciopelo azul oscuro, señaló acusadora el camisón blanco con gorguera de su torturador.

—¿Qué llevo puesto yo? Es usted quien parece una versión nocturna del señor Pickwick.

—¿Qué es eso?

—Dickens.

—Nací cincuenta años antes de que ese malandrín ocupase una balda entera de la biblioteca. Solo lo conozco porque el padre de Henry era muy aficionado a sus obras. Durante unas vacaciones de solsticio de invierno, me leyó en voz alta *Cuento de Navidad*. Muy apropiada —añadió con una carcajada y un pícaro guiño.

—Por mucho que me entusiasmen Dickens y sus fantasmas...

—A tu servicio, muchacha.

—... hace rato que no sé de qué estamos hablando.

—Magia y hechicería, supongo. Vamos, vamos, antes de que ese desalmado eche abajo la puerta.

—¿Por qué no avisa a Henry? —se quejó Natalia, que ahora lo seguía por la escalera, a su pesar.

—No seas absurda, muchacha, cuando un inglés borracho llama a la puerta de tu castillo no necesitas un abogado, sino un exorcista.

Deambular en pijama por un castillo casi a oscuras, sin calefacción central y con la única iluminación de la luna creciente derramándose a través de unos ventanales no demasiado generosos —el arte al servicio de los asedios militares— hubiese constituido una nota excéntrica incluso en la guía del doctor Willoughby. Aunque a Natalia aquella aventura nocturna no le parecía más que un despropósito, al descorrer el enorme cerrojo oxidado y abrir la puerta principal resultó que lo que había al otro lado sí que era un inglés borracho.

—Necesito hablar con Megan —sollozó el recién llegado cerrando la puerta tras él. Era un hombre de unos cuarenta y muchos años, alto y moreno, con gafas redondas y lo que parecía un traje de raya diplomática bajo un largo abrigo negro—. Es una urgencia.

—Pregúntale qué intenciones tiene y no te creas ni una palabra de lo que te conteste —la instó el fantasma.

—¿Por qué no se lo pregunta usted mismo?

Natalia prefirió no discutir sobre el sinsentido de pedir respuestas a alguien de quien no se esperaba ninguna sinceridad. Hacía demasiado frío para desear nada que no fuese volver a meterse bajo el magnífico edredón de plumas de su añorada cama.

—Qué cosas más raras tienes, muchacha. Este tipo me suena de algo. Voy a buscar a Henry.

El trajeado con gafas dio unos pasos vacilantes en dirección a la escalinata y se puso las manos a modo de bocina.

—¡Megan! Necesito hablar contigo —susurró muy alto con cierto aire de desesperación.

—Despertará a todo el mundo.

A Natalia nunca se le había dado bien la psicología. Si pedía al inglés que se tranquilizase, lo más probable es que consiguiese todo lo contrario y, además, no estaba segura de a qué grado de intoxicación alcohólica se enfrentaba. En *Breve guía para mi sucesor sobre castillos y jardines* había leído acerca de un montón de situaciones inverosímiles relacionadas con propietarios, clanes, costumbres y cultura escoceses, pero no recordaba nada sobre la visita de ingleses borrachos de madrugada, con excepción de un extraño capítulo sobre la toma del castillo de Stirling por las tropas de William Wallace disfrazadas de ovejas y la probabilidad de que los centinelas ingleses estuviesen muy bebidos para que la estratagema funcionase, y ni siquiera era Halloween. Se preguntó qué haría el doctor Willoughby en su situación, pero no se le ocurrió nada porque ella no era más que una botánica desterrada con un trabajo maravilloso que poco tenía que ver con la flora del país.

—Tú no eres Megan —se quejó el hombre de las gafas, probablemente aburrido de esperar alguna respuesta.

—Tampoco soy la prima Mildred —se apresuró a añadir ella un poco a la defensiva.

—Soy John Waterstone, el prometido de Megan.

Le costó un par de intentos estrechar la mano de Natalia, pero pareció muy complacido cuando lo consiguió porque le regaló una sonrisa más o menos digna entre vapores etílicos.

—¡John! —exclamó Henry bajando la escalera a toda pastilla pese a que iba en pantuflas—. ¿Cuándo has llegado? No te esperábamos hasta mañana por la tarde.

Iba vestido con unos pantalones de pijama y una sudadera granate de la Universidad de Edimburgo, pero Natalia se alegró tanto de verlo aparecer que ni se le ocurrió recriminarle lo de las pantuflas e, incluso con ellas, lo prefirió a su versión onírica semidesnuda. Henry estrechó la mano a su futuro tercer cuñado y apenas se le notó el gesto de sorpresa cuando percibió el pestazo a alcohol en el otro.

—Ha sido la bruja —dijo Archibald MacTavish al tiempo que la señalaba sin atisbo de mala conciencia—. Lo ha dejado entrar en la casa y no ha hecho ni un intento por neutralizarlo.

—Oiga, fue usted quien me despertó para que le abriese la puerta.

—No esperarías que yo pudiese moverla. Vamos, muchacha, eso te lo deben de haber enseñado en el primer curso de *espiritología* o cómo demonios se llamen las artes liberales a las que te dedicas.

—Soy botánica —protestó Natalia.

—Soy arquitecto —dijo John pensando que hablaba con él.

—Soy el que está a esto de convertirse en poltergeist y perseguiros por el resto de la eternidad.

—Tío Archie —intervino Henry haciéndose cargo de la locura que empezaba a resultar aquel encuentro con un inglés borracho y un pariente recalcitrante de madrugada—, yo me ocupo. John, si me acompañas a la cocina quizá logremos salvar a la señorita Castro de una hipotermia, se le están poniendo los labios azules.

—¡Menudo tunante estás hecho! —exclamó el capitán MacTavish—. ¿Estás haciendo la corte a la exorcista? Con esos aires de lechuguino... «Déjame besarte, muchacha, solo para hacerte entrar en calor». —Intentó parodiar el acento de su sobrino, pero estaba demasiado enfadado para que le saliese bien.

—Tío, por favor, no seas grosero.

—Ay, tío, lo siento —se lamentó John Waterstone, el arquitecto—. Estoy un poco bebido.

—No se refiere a ti —le aclaró Natalia.

No recordaba finales felices en la literatura sobre ingleses que entraban de madrugada en un castillo escocés y empezaba a sentir lástima por el recién llegado.

—No puede verme, muchacha, ¿de qué guindo te has caído? —la riñó el otro señor MacTavish.

—No va tan ciego.

—No pienso largarme. Este ha venido por algo, y averiguaré de qué demonios se trata. Nunca te fíes de un inglés a medianoche.

—Ojalá fuese solo medianoche.

—Da igual la hora que sea, nunca te fíes de un inglés.

Mientras Natalia y el otro señor MacTavish discutían, Henry se las había arreglado para envolverla en un medio abrazo y abrir la marcha hacia la cocina mientras John Waterstone los seguía con aire desdichado y algún que otro tropiezo. El abogado les pidió que esperasen sentados a la mesa de la señora Lodge, al amparo del calorcito del horno, que había estado funcionando hasta mucho después de la cena, y se apresuró a servir un café de considerables proporciones a John mientras trasteaba en los fogones y se las apañaba para arengar a su tío en gaélico. Tras lo que pareció una ardua negociación, Archibald desapareció sin despedirse, la cocina se llenó del agradable aroma del cacao y Henry arropó a Natalia en un cálido tartán con el diseño del clan MacTavish antes de servir el chocolate caliente y sentarse con ellos a la mesa.

—Gracias. —Natalia le sonrió y levantó su taza para brindar con él—. El tartán es precioso y abriga de maravilla.

—No se lo digas a mi tío, es un poco anticuado y en sus tiempos solo los hombres de la familia podían lucir los colores del clan. Por cierto, siento que te haya despertado.

—Si no lo hubiese hecho, me habría perdido este increíble chocolate.

—Eso es ver el lado positivo de la vida. El tío Archie solía ser así.

—No entiendo ni la mitad de lo que me dice. Y a la mitad que entiendo no le encuentro ningún sentido.

—Cuando se enfada, algo que por desgracia sucede a menudo últimamente, resulta muy difícil seguirle el hilo.

—¿Qué le ha pasado?

—Está cansado de esta vida, quiere marcharse.

—Pensaba que era joven para la jubilación.

—A su modo, ha vivido mucho más que nosotros. Sé que merece el descanso, pero también sé que este castillo no será lo mismo sin él. Siento que si se va perderé mi historia familiar, mis raíces, mi pasado y, espero que no se lo digas, a mi mejor amigo. —Hizo una pausa para probar su chocolate y añadió—: Qué egoísta suena todo esto.

—Le quieres. Amar a una persona sin condiciones es lo menos egoísta que hacemos en este mundo.

—No sé, empecé todo esto de Yule y del muérdago para ayudarle a recordar los buenos tiempos, cuando mi abuelo y mi padre también andaban por aquí, tropezando con el tío Archie en todas partes, consultándole sobre las granjas de los arrendatarios, aprendiendo de su experiencia, compartiendo sabiduría, escondiéndole el oporto... No sé —repitió tras dar otro sorbo a su taza y encogerse de hombros—, creo que lo único que intento decirle es que no me imagino la vida sin él. Aunque ya no queden arrendatarios ni demasiada esperanza de conservar la memoria de lo que un día significó apellidarse MacTavish.

John Waterstone, que además del café había terminado con su chocolate mientras lo ignoraban, los interrumpió con un sonoro sollozo.

—¿Estás bien, John? —le preguntó su futuro cuñado.

—Será mejor que os deje solos —se ofreció Natalia.

—No, por favor, quédate —le suplicó el arquitecto—. He oído lo que has dicho antes sobre amar a alguien y necesito volvértelo a escuchar.

—John, ¿qué ha pasado? —se interesó Henry.

El desolado inglés sacó un pañuelo del bolsillo del abrigo, se limpió las lágrimas y se sonó la nariz. Así recompuesto, respiró hondo y se explicó. Todavía arrastraba un poco las palabras, pero parecía más despierto.

—Me puse a redactar los votos. Me había programado media hora libre en la agenda para escribirlos, pensé que no necesitaría más. Media hora, treinta minutos. Paré de trabajar, de correr, de hablar, de comprar, de llegar tarde a todas partes. Después de no sé cuánto tiempo, paré durante treinta minutos para escucharme a mí mismo y...

—Te entró el pánico.

El arquitecto asintió, apenado.

—Cogí el coche y vine a toda velocidad —dijo.

—¿No estás un poco bebido para conducir? —se preocupó Henry.

—Se me estropeó el radiador cerca de Perth y la grúa me llevó hasta un taller de Menzies.

—¿El taller de los hermanos Ferguson?

—Sí... ¿Es el único taller que tenéis en Menzies?

—Es la única familia que destila whisky ilegal en su taller. Si te dieron a probar ni que fuese un par de dedos, no me extraña que acabases así.

—Me bebí media botella. —John parecía un poco orgulloso cuando se sorbió la nariz después de dar la exclusiva de su gesta.

—¿Necesitas más café?

—Estoy fatal, pero no es por el whisky —dijo negando con la cabeza.

—Ya me lo dirás mañana, amigo.

—Fueron muy amables, los Ferguson. Me trajeron hasta aquí en su furgoneta y me aseguraron que tendrían mi coche a punto en un par de días.

—En un par de días es Navidad, John. Lo único que los Ferguson tendrán a punto para entonces será su pudin. Y también lo elaboran con licor.

—Me da igual, solo necesito hablar con Megan. De repente, me he dado cuenta de que no sé por qué vamos a casarnos. Me refiero a que ella es estupenda y todo eso y que estoy enamorado, pero ¿de verdad quiere volver a complicarse la vida? Seré su tercer marido. Eso suena horroroso. Me aterroriza que un día se despierte a mi lado y piense en lo genial que era todo cuando era libre y tenía la cama, y el resto de su vida, para ella sola. Me dijo que lo peor de divorciarse dos veces era la sensación de haber estado perdiendo el tiempo, de haber malgastado energía con quienes no compartían el mismo proyecto de vida que ella. No quiero robarle sus mejores años, su última oportunidad para construir algo bueno en pareja, en familia.

—John —dijo Henry muy serio tras asegurarse de que el hombre se había desahogado a gusto—, Megan ya tiene una familia. Y tú eres más que bienvenido en ella, no temas por eso.

—No tengo miedo por mí.

—Mi hermana se casa por tercera vez, está claro que no le falta valentía. Deberías confiar más en su criterio.

—Temo que haya apostado en vano por nosotros, que se equivoque al escogerme.

—Pero esa no es tu decisión —intervino Natalia con un hilo de voz. Acostumbrada a no ser escuchada, solía guardarse para sí sus opiniones, pero en esa cocina, bajo el abrazo suave del tartán, reconfortada por una taza de chocolate caliente de madrugada, con la agradable seguridad que le otorgaba la amable presencia del jefe del clan de los MacTavish, por primera vez en mucho tiempo se sintió apreciada—. Megan ha escogido casarse contigo.

John se la quedó mirando con tristeza y desamparo, acabó por asentir despacito y enterró el rostro entre las manos con los codos apoyados en la mesa.

—Estás cansado. —Henry le apretó el hombro en un gesto compasivo y se puso en pie—. Mañana verás las cosas bajo una luz más alegre, aunque no te envidio la resaca que te espera, amigo. Vamos, te acompañaremos hasta tu dormitorio.

Tras dejar a John en su cuarto y asegurarse de que se quitaba abrigo y zapatos y se metía en la cama sin más dilación, Henry y Natalia continuaron hasta el final del pasillo de la segunda planta, donde la rendija de luz de la lamparilla de noche de su habitación la esperaba prometedora. Se habían cogido de la mano al salir de la cocina porque el camino estaba oscuro y ahora que había llegado la hora de despedirse Henry parecía reacio a soltarla.

—Va a sonar un poco raro, pero ha sido una velada de lo más agradable —dijo el abogado cuando se detuvieron en el umbral del dormitorio.

Natalia le devolvió la sonrisa y se atrevió a mirarlo a los ojos. En poco más de veinticuatro horas, no era la primera vez que se hallaba a una distancia tan íntima con ese hombre alto que la había llamado para salvar un castillo ancestral y volvió a sorprenderla lo cómoda que se sentía con la mano entre las suyas, con esa intensa mirada de color avellana pendiente de ella. Puede que el pulso se le acelerase un poquito cuando Henry MacTavish la miraba así, pero reconoció que le gustaba.

—Tendré que escribir a la Oficina de Rescate de Patrimonio para darle las gracias por haberme enviado a su mejor agente.

—Me temo que te ha enviado a su única agente.

—Qué suerte he tenido.

—Todavía no te he hablado de los planes para el castillo.

—Me basta con saber que no lo perderé, era mi mayor miedo —confesó él—. Me siento del todo desvelado, no estoy seguro de que pueda conciliar el sueño esta noche. Es como si hubiesen pasado cosas extraordinarias.

—¿Más extraordinarias que el asedio de un inglés?

—Como diría el tío Archie, ni un batallón de ingleses me impediría dormir, muchacha.

—Puedo pasarte la ficha del doctor Willoughby sobre Gaoth Tuath.

—¿Para conciliar el sueño?

—Para que podamos comentarla mañana. —Natalia sonrió por la confusión.

—¿Te apetece dar un paseo por mis bosques caledonios mientras sopesamos las sugerencias de tu doctor Willoughby para el castillo?

—Señor MacTavish, hace usted unas proposiciones irresistibles...

—Me honra, señorita Castro.

—... siempre que no sean demasiado temprano por la mañana.

Henry se inclinó sobre ella, le dio un beso rápido en la mejilla y se marchó como si de pronto hubiese recordado que tenía prisa.

—Quedamos bajo el muérdago del vestíbulo a mediodía —le dijo a modo de despedida casi en el rellano de la escalinata.

De vuelta en su cama, Natalia se durmió enseguida, con una plácida sensación de alegría, el tartán de los MacTavish sobre el edredón y el aroma del algodón limpio rondándole los sueños.

OCHO

Las Navidades escocesas empiezan en Selkirk, a orillas del río Ettrick, ciudad del sudoeste de Escocia, donde se celebra el Scott's Selkirk a principios de diciembre. El festival da comienzo con el Ghost Walk (no confundir con las Ghost Lands, ver ficha en la letra L de «Lady Macbeth me enloquece») y termina con fuegos artificiales; en medio, se representan escenas de la vida de sir Walter Scott para conmemorar los años en los que el insigne literato fue presidente del tribunal de la ciudad. Si durante esos días visitas algún castillo de la zona y no encuentras evidencias de fantasmas y/o encantamientos, ten piedad: la sombra de la resaca de Scott's Selkirk es alargada.

Doctor David Willoughby, The Crow,
Breve guía para mi sucesor sobre castillos y jardines

—¿Te has enamorado de mi exorcista?

—Tío Archie, no es tu exorcista.

Para el carácter taciturno y reservado de Henry MacTavish, reconocer que estaba enamorado de Natalia era un poco prematuro. La chica le gustaba mucho. Era apasionada, aunque intentaba disimularlo para no destacar, inteligente, sensata de una forma poco convencional y tenía un peculiar sentido del humor que resultaba irresistible cuando se atrevía a asomar bajo toda aquella cordial discreción. Y era guapa, guapísima, como un hada de los bosques caledonios de pies ligeros y ojos grises. Olía como los inviernos del norte, puros y serenos, y se movía con tanta gracia que paraba el tiempo y le descompasaba los latidos. A Henry le encantaba cuando pronunciaba su nombre con esa hache un poco más aspirada de lo habitual por el encantador acento español que seguía tan presente en su inglés. Pero, desde luego, el tío Archie exageraba cuando decía que se había enamorado de la bella extranjera.

—¡Te has enamorado! —repitió el espíritu como si fuese capaz de leerle el pensamiento—. La miras como si quisieras comértela con patatas, pero la escuchas como si fuese la mismísima María, reina de Escocia, y esperases que te concediese el título de gran senescal cada vez que abre la boca. Y ha dormido bajo el tartán de nuestra familia, me pregunto cómo habrá llegado hasta su cama.

Un poco a su pesar, a Henry le enterneció la imagen.

—¿Has entrado en su habitación? —preguntó esforzándose por parecer enfadado.

—Te concedo que la muchacha se ve muy dulce mientras duerme, con toda esa melena castaña sobre la almohada y los labios apenas abiertos en un ronquidito conmovedor.

—¡Tío Archie! No vuelvas a entrar en su cuarto sin su permiso. ¿Ahora eres un viejo verde?

—¿Y tú un inglés mojigato y pusilánime?

—Capitán Archibald Fergus MacTavish, deja de provocarme o seré yo quien te eche de este castillo, por una de sus mal cerradas ventanas, de una patada en tu viejo trasero polvoriento.

—Muchacho —se apiadó el fantasma mirándolo con cariño—, si fuese tan fácil, ya me hubiese ido hace mucho.

Henry llevaba algún tiempo en la biblioteca estudiando las propuestas del tal doctor Willoughby. Se había empeñado en encontrar todas las taras posibles a ese remilgado sabelotodo que había escrito sobre cómo salvar Gaoth Tuath Castle sin haber puesto un pie allí —al menos, él no recordaba haberlo visto jamás— y tomar buena nota para desmontar su imagen de tipo ingenioso. La primera vez que había leído el documento se rio y enfadó a partes iguales por los despropósitos y la osadía de su autor. Lo había dejado sobre el escritorio, se había tomado un café largo y un par de tostadas y había vuelto a leerlo desde el principio. La cuarta vez que lo repasó tuvo que reconocer, a regañadientes, que algunas de las ideas podrían funcionar. Tal vez. Desde luego, no las del museo de las ratas ni la de la yincana de buscar tumbas antiguas en el jardín trasero, pero algunas otras... Le tranquilizó confirmar lo que Natalia ya le había insinuado: si conseguía gestionar un plan viable con la Oficina de Rescate de Patrimonio, no perdería la propiedad del castillo.

Cogió el portafolio con la ficha del doctor Willoughby y salió de la biblioteca acompañado por el fantasma. Se detuvieron junto al árbol decorado con los lazos rojos y las lucecitas navideñas, junto al hueco de la escalera enmarcado por enebro, acebo y muérdago. Al día siguiente, en cuanto llegase la tía Prudence, la hermana mayor de su padre, pondrían bajo el abeto los regalos de Navidad. De repente se dio cuenta de que no había comprado nada para el tío Archie porque en su condición fantasmagórica resultaba un sinsentido obsequiarlo con algo material. Con una punzada de pena, fue más consciente que nunca de la soledad del espíritu.

—Tío, no puedo mantener el castillo —dijo Henry en voz baja en un intento por hacerlo más partícipe de una realidad que tanto empeño ponía el capitán en abandonar—. A lo largo de los años, mi bisabuelo, mi abuelo y mi padre se vieron obligados a vender parte de las tierras para afrontar los impuestos y las reparaciones de este lugar. Apenas nos quedan arrendatarios, y lo que obtenemos de los alquileres llega justo para pagar el seguro, la contribución y poco más. Natalia va a ayudarme con las cargas económicas.

—¡Pardiez! ¿Es una rica heredera?

—Es de la Oficina de Rescate de Patrimonio.

—Muchacho, no me importa de dónde sea, como si viene del sur de las Lowlands. Siento mucho lo que me cuentas sobre tus dificultades económicas, pero eso no me hará cambiar de opinión. Estoy seguro de que sabrás seguir adelante y salvar este lugar sin mi ayuda.

A riesgo de sentirse el ser más egoísta sobre la faz del planeta, Henry continuó presionando, implacable:

—Pensaba que me darías algún consejo, como has hecho siempre.

—Durante todos estos largos años hemos sido amigos, familia, como padre e hijo, como hermanos. —El tío Archie tardó un poco en contestar, aunque cuando lo hizo dedicó a su sobrino una mirada y una entonación de profundo afecto—. He tenido la suerte de conocer más generaciones de MacTavish de las que nadie habría sido capaz de imaginar y he disfrutado cada instante feliz en este castillo, cada nacimiento, cada celebración, cada victoria. Pero también he estado en los peores momentos, y la impotencia y la rabia de no poder ayudar a mis seres queridos me ha pesado como una losa; esas han sido mis cadenas.

»Te conozco bien, Henry, por nada del mundo me hubiese perdido tu infancia y tus correteos por los bosques de Gaoth, con las rodillas llenas de costras y las manos pegajosas por los bollos de mantequilla de Madeline Lodge, las moras y las grosellas recogidas en el bosque; ni tu adolescencia taciturna, con esa música ensordecedora con la que nos volvías locos; el orgullo en los ojos de tu abuelo y de tu padre cada vez que te miraban luego con tu toga de abogado, tus ideas sobre la justicia y tu trabajo en Inverness. He estado aquí cada vez que volvías en busca de refugio, a lamerte las heridas porque habías perdido un caso importante, o un cliente o una novia o te habías dado cuenta, un poquito más en cada ocasión, de que ya no ibas a cambiar el mundo, tal como pensabas cuando empezaste a estudiar Derecho en Edimburgo.

Henry tragó el nudo que se le había formado en la garganta, apenado por no poder abrazar al querido fantasma.

—No te reprocho nada, tío —dijo disimulando la tristeza—, siempre has estado a mi lado cuando te he necesitado.

—Y cuando no también. —El capitán MacTavish se rio.

—Entiendo tu cansancio, tío Archie. Te comprendo. Pero no quiero que te vayas.

—¿Cuál es el lema de nuestro clan, jefe de los MacTavish?

—*Vincere draconis.*

—Eso es. Henry, ya no me necesitas para enfrentarte a ningún dragón.

—¿Porque los dragones no existen?

—Porque hemos aprendido a convivir con ellos pacíficamente, maldita sea.

—¿El castillo tiene dragones? —preguntó risueña Natalia salvando el último tramo de escalera para unirse a ellos junto al árbol. Vestía un largo jersey rosa y unos pantalones grises, y llevaba el abrigo colgado del brazo—. Buenos días, ¿habéis descansado?

—A ver, muchacha, ¿tú crees que si en el castillo hubiese dragones descansaríamos bien? —preguntó el tío Archie muy despacio, quizá sospechando de la cordura de su exorcista.

Henry, que se había quedado un poco embobado con la visión del hada trotando escalera abajo con su larga melena castaña con reflejos dorados iluminando la piedra gris de su lúgubre castillo, estaba a punto de contestar cuando la fuerza de la naturaleza pelirroja que era su hermana irrumpió en el vestíbulo con el pobre John a remolque.

—Fue ella —susurró el arquitecto señalando a Natalia con la cabeza.

—¡Prima Mildred! ¡Sabía que serías tú! —Megan se lanzó al ataque y atrapó a la chica en uno de sus acostumbrados abrazos mortales—. Gracias por salvar a mi pobre John.

—A estas alturas y con la boda en ciernes, no creo que ya nadie pueda salvar al pobre John. —El tío Archie se rio.

—Yo no hice nada —se defendió Natalia intentando respirar.

—Megan, nos pillas en un mal momento, estábamos a punto de salir. —Henry acudió a su rescate mientras se las ingeniaba para apresarle la mano y tirar de ella con la intención de librarla del asedio vikingo.

—Qué pesado eres, hermano. Ven esta tarde a mi habitación, Mildred. Las chicas y yo nos probaremos los vestidos.

—Muchacho... —Los ojillos del fantasma se iluminaron esperanzados.

—Ni se te ocurra, tío Archie —mascculló Henry.

De un último tirón logró recuperar a Natalia de entre los brazos de su hermana y se apresuró a atravesar con ella el vestíbulo a toda carrera.

—¡Leeré los votos! —les gritó Megan—. Están inspirados en un texto antiguo escrito en gaélico que encontré en el joyero de nuestra madre, Henry. Es tan viejo que podría ser de nuestra tatarabuela.

—Seguro que es una maldición —apuntó alegre el tío Archie mientras alzaba el vuelo para desaparecer a través de las sólidas vigas del techo.

Los fugitivos no se detuvieron hasta que se sintieron a salvo bajo las altas coníferas de la linde del bosque de Gaoth Tuath. Se pusieron los abrigos y las bufandas y, a paso más relajado pero con la sonrisa de quienes se han librado del castigo todavía en los labios, tomaron el sendero arcilloso que cruzaba el bosque en diagonal. Henry le preguntó por la especie de algunos helechos y arbustos que bordeaban el camino y escuchó sus explicaciones con agrado. A medida que se internaban en la espesura del ancestral bosque de coníferas, los sonidos de la naturaleza se amortiguaban y un silencio catedralicio respondía a sus pasos, que hacían crujir las hojas caídas y desordenaban las piedras del camino. De vez en cuando, un haz de luz solar se colaba entre las copas cerradas y Henry miraba embelesado cómo los ojos grises de la botánica desterrada se llenaban de luz. Pese a los miles de años que avalaban las raíces de aquel lugar, le pareció estar hollando un mundo nuevo de la mano de aquella mujer extraordinaria.

—He leído las recomendaciones del doctor Willoughby para Gaoth Tuath —dijo tras caminar un rato en silencio—. Creo que algunas podrían funcionar.

—¿Algunas?

—Bueno, lo de las ratas y la yincana de Halloween no

lo veo. Y tengo mis reservas sobre alquilar las tierras comunales para que las ovejas de los Campbell vengan a pastar. Lodge podría empezar una guerra de clanes por menos que eso.

La sonrisa de Natalia iluminó el resto de la mañana.

—El doctor se pone un poco excéntrico a veces —concedió ella—. Como el tío Archie.

—Puede que se llevaran bien. Me sorprendió el diseño de invernaderos para cultivar fresas en el prado de atrás —siguió refiriéndose al informe del doctor—. La inversión inicial es asequible y Lodge podría encargarse del mantenimiento con un poco de ayuda.

—Además, Menzies está cerca y alguno de tus arrendatarios podría responsabilizarse de la distribución sin apenas coste porque utilizaría los canales habituales para los productos de sus granjas.

—Siempre que las ovejas de los Campbell no se comiesen las fresas —bromeó Henry—. De todas formas, no es suficiente. Me temo que no me libraré de abrir el castillo para visitas del público.

—Es más sencillo de lo que crees. Patrimonio se encarga de casi todo el trabajo pesado, es muy habitual. Lo único que requiere por tu parte es paciencia para soportar a los turistas. Además, no estarán por aquí todos los días. Se asignarán horarios y semanas de apertura y... Bueno, ya se verá, no quiero agobiarte adelantando acontecimientos.

—No, no es eso. Vivo y trabajo en Inverness, así que la molestia sería para los Lodge... y las ovejas. Pero, a riesgo de que me creas un espíritu contradictorio, estos días me he dado cuenta de que me gustaría venir más a menudo. Ya sé que son fechas especiales, con la Navidad y Yule y la crisis del tío Archie y la boda de Megan y tú, pero echaba de menos Gaoth, echaba de menos pasear por aquí y disfrutar de siniestras discusiones con Ronald Lodge.

—Seguro que puede arreglarse. Y en cuanto a los Lodge...

—Les subiré el sueldo, pondré una vela a san Andrés para que no se jubilen y me aseguraré de que nada afilado quede al alcance de Ronald cuando los turistas anden cerca.

—Estaba pensando en Madeline. ¿Crees que le gustaría participar de algún modo? No estoy hablando de una tienda de recuerdos ni nada parecido, aunque quizá sí de un puestecito en la puerta donde se vendiesen sus deliciosos *scones* y bollos y una bebida caliente.

Henry se estremeció al imaginar la cara de Ronald Lodge al ver a una pandilla de turistas con los dedos pegajosos de azúcar y chocolate tocándolo todo a su paso.

—Siempre que te asegures de que es al final de la visita y una vez fuera de los muros del castillo.

—Se acostumbra acordonar la entrada y la salida, así que no habría problema en instalarlo fuera o en el vestíbulo, para entrar en calor después de la visita.

—Estás dando por supuesto que el rescate no me alcanzará para poner calefacción.

—La inversión de Patrimonio...

Henry se detuvo en un pequeño claro entre abedules y serbales, con el rumor de un riachuelo cercano en los oídos. Notaba el corazón súbitamente acelerado cuando la cogió de las manos y la miró a los ojos.

—Estaba bromeando, Natalia.

Podría olvidarlo todo. Allí, con ella, en ese preciso instante. Simular, sin ningún esfuerzo, que el mundo no era más que aquel bosque caledonio sobre el que caía la tarde de un solsticio dulce y tranquilo. No quedaba nada más que aquellos ojos grises, sus labios a juego con la bufanda roja y la seda de su pelo tentándolo a hundir sus manos de abogado entre los rizos castaños. Conocía poco sobre aquella mujer serena y sabia que caminaba de puntillas por su castillo y llamaba con decenas de nombres maravillosos la flora de su bosque, pero no le hacía falta más para saber que el tío Archie no solía equivocarse en las cuestiones del corazón. Henry jamás hubiese pensado que a su edad, de vuelta ya de todo devaneo y falsa esperanza, fuese capaz de preguntarse sobre los tiempos que requiere el amor.

—Sé lo que puedo esperar en el mejor de los casos —dijo tras aclararse la voz con un carraspeo—. Y, pese a todo, ahora mismo me siento el hombre más rico de Escocia.

Dio el único paso que faltaba para reducir a la nada la escasa distancia que los separaba, se inclinó despacio y la besó. La vida de los mortales era demasiado corta para esperar que el tiempo dictase los compases de su propio corazón.

—Ejem, ¿señor?

Con un sobresalto que hizo trastabillar a la pobre Natalia, Henry dejó en suspenso su segundo beso y se giró en redondo para encontrarse con Lodge, plantado en medio del claro, apenas a un metro y medio de donde se encontraban. Los viejos instintos de los MacTavish lo empujaron a colocarse entre el hada y el maldito mayordomo de su padre, como si pudiese protegerla del guardián celoso. Se engañó pensando que eran esos mismos instintos, y no la ira que le provocó la llegada del intruso, los que le hicieron echar en falta la claymore de la familia.

—¡¿Pero qué demonios?! —Cuando se enfadaba, Henry sonaba casi como el tío Archie.

—¿Señor? —En cambio, Ronald seguía imperturbable pese a hallarse en mitad de un bosque de coníferas interrumpiendo una escena de amor un tanto shakespeariana.

—¿Qué hace aquí, Lodge?

—Estas son sus tierras, señor. He pensado que quizá me necesitaría.

—¿Para qué?

—La última vez que vino al bosque me pidió un hacha y tuvo un encuentro un poco desagradable. Con la señorita —insistió señalando a Natalia con la cabeza por si no había quedado claro—, señor —añadió con retintín.

—Lodge, por la memoria de mi padre...

—Además, mi esposa lo anda buscando —confesó con rapidez—. La cocina es una locura con el cáterin de la boda y quiere llevar algunas de las fuentes de fruta al salón. La señorita Megan dijo que el salón era cosa de usted.

—Da igual —gruñó Henry.

De todas formas, el momento había pasado.

Sin soltar a Natalia de la mano, echó a andar de vuelta al castillo con el recalcitrante mayordomo pegado a su sombra. Murmuró un par de maldiciones en gaélico que le había enseñado el tío Archie, añadió cinco codicilos legales sobre la mala suerte y pateó algunas piedras pensando en el aguinaldo de Lodge.

—Si fueras un poco más despacio, podría dejar de correr —dijo Natalia con la respiración entrecortada.

—Lo siento. —Henry se detuvo, inspiró profundamente el aroma de los abetos en el aire frío de diciembre y reconoció que se estaba comportando como un loco. Lodge no tenía la culpa de que hubiese perdido la chaveta, solo lo había devuelto a la vida real—. Siento haberte besado —se excusó—. No es que me arrepienta, es que... me he precipitado. —Siguió andando sin soltarle la mano, temeroso de encontrarse con una mirada de gris reproche—. Lamento haberte incomodado. No quiero que pienses que suelo besar a todas las agentes de Rescate de Patrimonio que llegan a mi castillo.

—Ni se me había pasado por la cabeza. Sobre todo porque, además de mí, la única persona que trabaja en la Oficina de Rescate de Patrimonio es mi jefa, y si la conocieses dudo mucho que te entrasen ganas de besarla.

Henry le lanzó una mirada divertida y se le escapó media sonrisa.

—Apenas nos conocemos y, a mi edad, corro el riesgo de parecer un poco desesperado, pero sé que no me equivoco contigo.

—Aunque puede que no sea yo, ni siquiera nosotros —dijo Natalia al cabo de un corto silencio—. Mira dónde estamos. Este lugar es fabuloso, como para perder la cabeza.

—También me gustas dentro del castillo.

—Claro, ese lugar tan feo y poco romántico...

—No sé qué pensar de que te tomes a broma lo mucho que me gustas.

—Tú también me gustas, Henry. Pero es Navidad, Yule, el solsticio, y todo es perfecto y hermoso y emocionante. Quizá solo nos estamos dejando llevar por el momento.

—Tú eres lo más extraordinario que he visto nunca —susurró Henry—. Si no tuviésemos a Lodge ahí detrás, volvería a besarte a riesgo de que me tomes por un adolescente con las hormonas revolucionadas.

—Quizá esté un poco colgada del doctor Willoughby, no soy quién para juzgarte.

—Odio a ese tipo —gruñó Henry—, casi tanto como a Daniel McCullough.

La risa de Natalia despejó los últimos nubarrones que rondaban el ánimo del abogado, que, sin demasiadas ganas de regresar a casa, relajó todavía más el paso. Les quedaba sendero para conocerse un poco más, para preguntarse sobre su pasado, sus inquietudes, sus planes de futuro, para salvar un castillo y predecir un rumbo. Retomó la conversación con calma, feliz de hallarse donde se hallaba, de haber dicho en voz alta lo que su corazón anhelaba, y escuchó a su compañera con la predisposición de quien se interna en un territorio nuevo, desconocido y precioso.

NUEVE

Hogmanay es el fin de año escocés, también de tradición celta y vikinga. Durante la comida del Hogmanay, el primer invitado que entre en el castillo determinará la suerte del nuevo año para el clan. Te aconsejo, querido sucesor, que si tu cabello es dorado te abstengas de encabezar la visita a ningún castillo porque se considera mal augurio que el primer visitante que reciban sea rubio (los rubios les recuerdan las llegadas no deseadas de los vikingos, que hasta época victoriana eran llamados «lobos entre ovejas», y por mucho que los actuales clanes hayan aceptado que los lobos están en peligro de extinción, ni se te ocurra tocar una sola de sus ovejas). Si eres moreno, te adorarán.

En esas fechas, te recomiendo visitar castillos sobre promontorios como el de Dunnottar (véase en la letra D de «Dónde voy a mirar si no») o el de Stirling (en la S de «Soñando con ovejas») porque, además de las procesiones con antorchas típicas de la celebración, allí se lanzan barriles en llamas ladera abajo. Se debe a una superstición celta sobre la ausencia de luz, pero mejor no se lo comentes a Robert Campbell.

Doctor David Willoughby, The Crow,
Breve guía para mi sucesor sobre castillos y jardines

Por más que revisaba el índice y hojeaba los capítulos hacia delante y hacia atrás, la guía del doctor Willoughby no incluía ningún consejo al respecto de cómo volver a recuperar el aliento cuando el propietario de un castillo escocés decidía besarte. Ni advertía sobre los terribles efectos del encanto del jefe del clan MacTavish de Gaoth Tuath sobre las botánicas desprevenidas. Ni siquiera contenía un triste apéndice acerca de cómo comportarse después de un incidente romántico en un bosque caledonio y la interrupción de un insoportable mayordomo. Hubiese estado más que bien encontrar alguna reflexión sobre los flechazos en Escocia o un decálogo para diferenciar la admiración por un escocés del principio de un amor sincero. Natalia rumiaba sobre las graves carencias de la guía del doctor y sobre lo mucho que le gustaba Henry MacTavish cuando el berrido del tío Archie la sobresaltó.

—¡Muchacha! No sueltes tu maldito grimorio y acompáñame. La loca de mi sobrina ha encontrado algo que quizá nos sirva.

—Señor MacTavish, me ha dado un susto de muerte.

—Gracias. —Parecía complacido de verdad—. Son muchos años de práctica, pero nunca se me ha dado bien. La cosa se complica cuando los únicos que pueden verte se saben tus triquiñuelas de memoria.

Esa tarde, el otro señor MacTavish iba muy elegante, con sus calzones claros, sus botas altas y su levita con doble botonadura de latón ajustada a la cintura y larga por detrás. Le faltaba el sombrero de copa para parecer un señor Darcy a punto de salir de paseo. Aunque Natalia sentía el cerebro un poco lento, como si el torrente de endorfinas que corría por su sistema circulatorio desde que Henry la había besado la mantuviese en un agradable limbo caledonio, tuvo la sensación de que nunca más volvería a vivir una Navidad tan extraña y maravillosa.

—No me despistes, maldita sea —protestó el tío Archie interrumpiendo sus agradables ensoñaciones—. Coge tu condenado grimorio, tu varita mágica y tu escoba o lo que sea, y acompáñame al dormitorio de Megan. Esa descerebrada... Pero ¿por qué dejas el mamotreto, muchacha? ¿No lo necesitas?

—Me ha decepcionado —dijo Natalia al caer en la cuenta de que era verdad—. Pensaba que este libro me ayudaría con cualquier eventualidad que me sucediese en un castillo o en sus inmediaciones, pero ha resultado ser un tanto impreciso para Gaoth Tuath.

—Nada es tan fiable como parece. Excepto mi sobrino. Vaya. —Sonrió al percatarse de que Natalia acababa de ponerse más roja que la manzana de Blancanieves—. He dado en el clavo. Que me aspen si no pareces una amapola ahora mismo.

Sin una sola mirada de arrepentimiento hacia la guía del doctor Willoughby, que acababa de dejar sobre el escritorio de su dormitorio, Natalia salió al pasillo con la esperanza de que el frío que hacía conforme se alejaba de las ascuas de la chimenea aliviara su sonrojo y, de paso, para complacer a su interlocutor, que se apresuró a seguirla con gesto benevolente.

—No te preocupes, muchacha, Henry bebe los vientos por ti. Se te declarará antes de que acabe la Navidad. Me apuesto el penacho inglés de Wellington, que los condenados cañones de Bony casi le vuelan en Waterloo, a que no me equivoco. A menos que lo haya hecho ya.

A Natalia nunca se le había declarado ningún pretendiente tan apuesto y encantador como el jefe de los MacTavish. Ni siquiera recordaba por qué había decidido casarse con su exmarido, quien nunca llegó a pedirla en matrimonio sino que se limitó a señalar una fecha en el calendario y a tramitar el expediente en el Registro Civil con la misma diligencia con la que cerraba sus ventas rutinarias. Sabía que estaba siendo injusta —aunque no demasiado— con el pobre recuerdo que tenía de él y de su vida en común, pero lo que experimentaba esos días con Henry hacía palidecer todo lo demás. Puede que todavía fuese pronto para admitir lo mucho que le gustaba, y que el entorno de cuento de hadas nublase su buen juicio habitual sobre la conveniencia de besar a desconocidos, pero la promesa de pasar juntos unos días más le provocaba una feliz expectación. Puede que la hubiesen llamado para rescatar un castillo y que acabara salvándose a sí misma del pozo de insensible aburrimiento en el que acababa de descubrir que hacía tiempo que se escondía.

Sospechó que se le había puesto cara de idiota por la mirada burlona que le devolvió el tío Archie cuando se dignó regresar a la realidad y dejar de fantasear con Henry MacTavish. Adoptó un semblante que esperaba que fuese serio y competente, aunque seguía pareciendo una amapola bastante feliz, e intentó tomar las riendas de la conversación para llevarla por derroteros menos románticos.

—¿Para qué quiere que lo acompañe a la habitación de Megan? —preguntó al fantasma.

A mediodía, la pelirroja le había dicho que estaría allí con todas sus damas de honor, probándose vestidos y no sé qué de los votos. Aunque no le apetecía nada marcharse, Natalia todavía dudaba si asistir a la ceremonia; no había incluido en la maleta ropa elegante y estaba casi segura de poder redactar un informe más o menos coherente sobre Gaoth Tuath con todo lo que había visto. Y sentido. No, eso no, eso debía quedarse fuera del informe, como la cúpula verde de los abetos traspasada por la luz del crepúsculo y el recuerdo de un hombre bueno anclándola a la tierra húmeda mediante unos lazos nuevos, sus manos en las suyas, y aquel beso inesperado preñado de ternura.

—Muchacha —la voz del otro señor MacTavish la devolvió al momento presente—, mi sobrino es muy importante para mí. Cuando me vaya me gustaría hacerlo sabiendo que no se queda solo y que es feliz.

—No sé qué le hace pensar... —Natalia se maldijo por resultar tan transparente.

—Tú me haces pensar. Me haces pensar en que Henry estará bien y dichoso y en que todavía estáis a tiempo de dar a este viejo castillo un par de herederos MacTavish, demonios.

Natalia, que a sus treinta y cuatro años era dolorosamente consciente del tictac biológico de su cuerpo, y que en los últimos tiempos se había cuestionado más de una vez las pocas oportunidades que le quedaban de ser madre, nunca hubiese imaginado que dotar de herederos a uno de los clanes escoceses más antiguos pudiese ser un factor que debiera tener en cuenta en su decisión de quedarse embarazada. Ahuyentó de su mente tan enloquecidos pensamientos, se riñó por comportarse como una adolescente enamorada y se plantó junto a la puerta del dormitorio de Megan, del que salían los grititos y las carcajadas de las damas de honor y de la novia, para enfrentarse al tío Archie.

—Deje de decir disparates y no me mire así.

—¿Así cómo?

—Como si supiese lo que estoy pensando y lo considerase una estupidez.

—La felicidad de mi sobrino no es ninguna estupidez.

—Entonces ¿solo importa la felicidad de Henry?

—Es el último de los MacTavish —suspiró la versión excéntrica del señor Darcy con algo parecido a la melancolía—. Leal, generoso y protector con su familia. Estoy seguro de que él se preocupará por la tuya.

—¿Preocuparse por mi familia? Créame, no le gustaría conocerla.

—Por tu felicidad.

—Mi felicidad no debería depender de nadie más que de mí misma.

—Cierto, es nuestra responsabilidad y no la de otros propiciar nuestros momentos de dicha. Pero ¿de qué sirve la felicidad si no tenemos con quien compartirla?

—Hola, Mildred, te estaba buscando —los interrumpió John Waterstone doblando la esquina del pasillo—. ¿Con quién hablas?

—No tengo tiempo para esto —se enfadó el otro señor MacTavish.

Fue lo último que Natalia le oyó gruñir, pues cuando se dio la vuelta para preguntarle a qué se refería ya había desaparecido. El doctor Willoughby no había anotado nada sobre pasadizos secretos en la ficha de Gaoth Tuath Castle, pero sin duda serían un reclamo muy atractivo para las visitas.

—No soy Mildred —contestó al arquitecto.

—Eso me pareció anoche, pero como no me encontraba demasiado bien y Megan no deja de llamarte así... No es que hoy esté fenomenal —aseguró el arquitecto, con cara de quien ha tenido días mejores—. Quería pedirte un favor. Todavía no he escrito los votos y he pensado que quizá podrías ayudarme.

—Eso sería hacer trampa, John —los interrumpió una voz que Natalia hubiese reconocido en cualquier rincón de un bosque caledonio.

Se asomó por la barandilla de la escalera y su corazón dio un brinco de júbilo cuando encontró a Henry plantado en el lateral del vestíbulo, junto al hermoso árbol de Yule, mirando hacia arriba con un semblante grave que el brillo divertido de sus ojos castaños desmentía.

—Megan ha encontrado no sé qué poema gaélico de sus antepasadas, pensé que yo también podría pedir un poco de ayuda —dijo John masajeándose las sienes. Parecía a punto de echarse a llorar.

—Tendrás que buscar inspiración en otra parte, esta

musa ya está comprometida. Baja —pidió a Natalia el señor del castillo—, me gustaría enseñarte algo.

—¿Alguna idea? —mendigó Waterstone mientras se asomaba él también por la barandilla.

—Pues tengo varias —bromeó Henry sin apartar la mirada de la chica que bajaba la escalera—, pero no pienso contártelas a ti.

Haciendo oídos sordos a las súplicas del arquitecto, Henry abrió la doble puerta y Natalia entró por primera vez en lo que antaño debió de ser el salón de baile del castillo. Se trataba de una estancia enorme, que ocupaba más de la mitad del nivel inferior del edificio principal, con techos altos y paredes cubiertas de tapices de suaves colores y con ventanales modificados para aportar más luz a la habitación. La planta era ligeramente rectangular y la madera del suelo parecía desgastada, como si un centenar de MacTavish hubiesen bailado a lo largo de mil Navidades distintas y fabulosas para olvidar el frío del norte y las malas noticias del sur.

Acurrucados en el extremo del salón más cercano a la puerta, había sofás de distintos colores y estampados alrededor de mesas bajas de té, y, al otro lado, cerca de la chimenea, una respetable mesa alargada de madera oscura, con sillas de respaldo alto a juego, esperaba a sus comensales. Sobre la gran chimenea que presidía la pared oeste, una espada escocesa de hoja ancha amedrentaba a los enemigos del clan. Bajo las ventanas, pequeñas mesas contenían cestos de frutas de temporada, calabazas y flores. El marco clásico de las ventanas estaba adornado con ramilletes de acebo, enebro y muérdago idénticos a los que Natalia había utilizado para ayudar a decorar el vestíbulo el día anterior, y guirnaldas con los colores de los MacTavish pendían entre los tapices con escenas de caza y estampados a lo William Morris. El salón olía a romero, lavanda y menta, y pese a la oscuridad, solo rota por la luz de la luna que se colaba en ausencia de postigos o persianas, seguía siendo uno de los lugares más bonitos que había visto nunca.

—Has estado ocupado —dijo Natalia mirando a Henry con admiración.

—Me ha ayudado la señora Lodge. Celebraremos aquí la cena de Nochebuena. La mañana de Navidad instalaremos una pequeña glorieta de ramas artificiales, justo ahí —dijo señalando el espacio delante de la chimenea—, con flores frescas y lazadas de tartán, a modo de templete para la ceremonia. Pero no le cuentes nada a Megan, es una sorpresa.

—Eso espero, señor de los MacTavish —dijo solemne una mujer alta de unos setenta años con el pelo blanco como la nieve, ojos risueños y sonrisa deslumbrante. Había entrado sin que se dieran cuenta y se acercaba a ellos con imperiosas zancadas—. Como también será una sorpresa la banda de gaiteros que he contratado para la boda.

—¡Tía Prudence! —exclamó Henry con alegría—. Qué ganas tenía de verte.

Tía y sobrino se fundieron en un gran abrazo que desató un abrumador torrente de palabras en gaélico.

—Esta es Natalia Castro —dijo al fin el abogado volviendo al inglés—, de la Oficina de Rescate de Patrimonio. Está ayudándome con la cuestión presupuestaria del castillo.

—Encantada, querida. —Prudence le estrechó la mano—. Qué momento tan original para una burócrata. ¿Crees que podrás conservarlo? —preguntó hacia su sobrino.

—Haré todo lo posible para que así sea —respondió Natalia un poco ofendida porque la anciana la hubiera llamado «burócrata».

—Vaya —se sorprendió la tía Prudence—, no quería molestarte.

—No lo ha hecho, pero es que soy botánica.

—¿Sabías que nuestros árboles de Gaoth Tuath forman parte del último uno por ciento de bosque caledonio que queda en Escocia? —intervino Henry.

—Me parece fascinante. ¿Por qué no me lo explicáis mejor mientras me ayudáis a colocar bajo el árbol todos los regalos que he traído? ¿Dónde está Lodge? Pidámosle un buen whisky escocés. ¡Ronald!

—¿Señora?

El mayordomo había aparecido como impulsado por un resorte en la puerta del salón. La penumbra a contraluz bajo el oscuro dintel de piedra le otorgaba un aspecto más lúgubre del habitual.

La tía Prudence, al parecer poco dada a impresionarse con el siniestro Lodge, exclamó alegre:

—¡Whisky!

—Enseguida, señora.

Prudence se dirigió hacia la multitud de bolsas, paquetes, sombrereras, neceseres y maletas de diferentes colores y tamaños que se amontonaban junto a la puerta y dio las órdenes pertinentes para que sus tropas se pusieran en marcha con eficaz diligencia.

—Oh, Henry, esta vez te has superado. Hacía años que el espíritu de Yule no te poseía con tanto entusiasmo. Verás cuando lleguen Agatha y Sophia, no pararán quietas con las fotos.

—Agatha y Sophia son las otras dos hermanas de mi padre —aclaró Henry a Natalia.

—Se han abierto una cuenta en Instagram, aunque no tienen ni idea de cómo usarla.

—¿Quién de ellas es la madre de tu prima Mildred? —susurró Natalia a Henry aprovechando que se había agachado junto a ella para colocar mejor los paquetes más grandes bajo el árbol.

—La tía Agatha. Pero no te preocupes, no se parecen en nada.

—Oh, Henry, qué maravilla de árbol —repitió la anciana—. No me canso de admirarlo.

—Lástima que no sea nuestro —intervino Lodge sorprendiéndolos por la espalda. Había vuelto con una bandeja sobre la que se mantenían firmes vasos, cubitera, servilletas y dos botellas de whisky.

—Lodge... —le advirtió Henry.

—¿Y de quién es?

—De los Campbell.

—¿Has robado un abeto a los Campbell? —se escandalizó la señora.

—Ojalá —murmuró el mayordomo mientras servía las bebidas.

—¡Tía Prudence! —gritó Megan bajando la escalera a toda velocidad con su estela habitual de mujeres más o menos enloquecidas.

—*Weeeeee!* —gritaron las damas de honor.

Una confusión femenina, que obligó a Lodge a batirse en retirada con la excusa de ir a por más vasos, se mezcló en un enredo de besos y abrazos en el que, de alguna extraña forma, Natalia también se vio inmersa. Entre risas, whisky con y sin hielo, sándwiches, tarta de la señora Lodge y un enorme caos rugiente de damas de honor, aparecieron más regalos y cojines, y todos, excepto Prudence, que tuvo el buen acierto de hacerse con una de las cómodas butacas de la biblioteca, terminaron en el suelo, en diferentes grados de dignidad maltrecha, con la excusa de colocar los paquetes bajo el árbol de los Campbell.

Entrada la noche, cuando todos se habían ido a dormir, Henry y la tía Prudence se quedaron a solas en la biblioteca. Sentados junto a la chimenea encendida, la mujer removía pensativa las brasas con el atizador mientras el viento aullaba y la lluvia golpeaba con fuerza las ventanas.

—Noche de lobos. —Sonrió recordando a saber qué tiempos pasados.

La viuda era la MacTavish viva de más edad del clan y la única persona que a Henry le pesaba que no fuese capaz de ver ni hablar con el tío Archie. El fantasma, muy contento —a juzgar por una enigmática sonrisa que a su sobrino le hacía temerse lo peor—, los observaba con benevolencia colgado cabeza abajo de una de las vigas de la biblioteca. Henry sabía, porque el tío Archie se lo había confesado en alguna ocasión, que la alegre señora le gustaba; la consideraba una digna sucesora de su estirpe y, cuando discutía con su sobrino, amenazaba con desheredarlo en favor de la anciana.

—¿Por qué tu hermana llama «prima Mildred» a la botánica de Rescate de Patrimonio? —preguntó Prudence tras dejar en paz las brasas y recostarse en su butaca.

—Es un misterio.

—¿Cómo el de la botella de oporto menguante?

Henry miró de reojo hacia arriba con una expresión de mártir escocés que hizo soltar una carcajada al fantasma. Prudence, ajena a las tribulaciones sobrenaturales de su sobrino, dijo pensativa:

—Alguien debería avisar a Megan de que la prima Mildred nunca fue tan... así.

—¿Inteligente? —se animó Henry.

—Inteligente, guapa, respetuosa con las creencias del resto de los mortales...

—Experta en exorcismos —añadió el tío Archie—. Aunque, para lo que ha hecho estos días, bien podría ser experta en besar ranas porque no he visto que preparase ningún conjuro. Va a todas partes con ese condenado grimorio gigantesco haciéndote ojitos, muchacho.

—Al menos no ha besado a Daniel McCullough —apuntó Henry.

—Cierto —asintió la tía Prudence—. ¿Qué pasó con ese chico? Era bastante miope.

—Tenía que serlo para dejarse besar por la prima Mildred. —El espíritu se echó a reír.

—Espero que no, no me gustaría dar un puñetazo a alguien con gafas.

La anciana, que no se había caído de un guindo, miró a su sobrino con una sombra de sospecha a medio camino de la esperanza.

—Henry, ¿qué vínculo te une a la señorita botánica?

—No sé de qué me hablas, tía Prudence.

—No estoy ciega.

—A diferencia de Daniel McCullough —intervino el tío Archie.

—Apenas hace tres días que la conozco.

—Pero te ha causado una profunda impresión —aventuró su tía.

—A pesar de que anoche la vio con un pijama horrible de bruja trastocada —dijo el fantasma.

—La primera vez que la vi, en el bosque, pensé que era un hada.

—Oh, por favor, muchacho, qué cursilada —gruñó el tío Archie—. Si no fuese testigo de su maldita torpeza e inutilidad mágicas pensaría que estás bajo su hechizo.

—Bien —aceptó Prudence—, sí, es guapa. Pero siempre te he tenido por un hombre sensato. La belleza...

—No me refiero solo a su apariencia, tía Prudence, es bonita en todos los sentidos. Y cuanto más la conozco más me convenzo de ello. Pensaba que ya no quedaban personas así de nobles. Y ni siquiera se da cuenta de lo especial que es.

—Por todos los demonios del infierno, muchacho, estás muy mal. —El tío Archie abandonó su postura de murciélago y flotó hasta sentarse en lo alto de la librería más cercana, entre *Cuento de Navidad* de Charles Dickens y *El fantasma de Canterville* de Oscar Wilde—. Pondré una docena de velas a san Andrés por la salvación de tu alma, aunque me temo que esto ya no hay quien lo arregle.

—El flechazo —asintió la tía Prudence poniéndose seria— es un momento sublime y peligroso, no importa la edad que tengamos. Todo es arrebato y pulso acelerado, parece que nos falte el aire y el estómago se nos pone del revés por culpa del vértigo y la incertidumbre. Pero ¿qué ocurre cuando termina el cortejo? Me refiero a cuando se acepta la compañía del otro y amaina la tormenta? ¿Qué quedará cuando ya no sea Navidad ni estéis en el castillo, cuando solo os separe una taza de café en un pub de Edimburgo y la escasa luz del invierno escocés?

—Mi querida Prudence —dijo en tono burlón el tío Archie—, tu talento narrativo haría palidecer al mismísimo sir Walter Scott.

Henry imaginó cómo encajaría Natalia en el ritmo estresante de su vida y al instante comprendió que no había ningún hueco ni ninguna pieza suelta que necesitase ensamblaje. No se trataba de completar el rompecabezas de su rutina. Las circunstancias más extraordinarias de la vida sucedían al margen de las previsiones que uno hacía y se aceptaban como lo que eran, el más singular de los regalos bajo el árbol de Yule.

—No lo sé, tía —contestó al fin—. Me gusta estar con ella, me recuerda todo lo bueno que he perdido. Pero no de una forma obsesiva o atormentada...

—Eh, para el carro, muchacho, atormentarte es cosa mía.

—Me da paz —dijo Henry con sencillez ignorando las interrupciones del fantasma.

—Te da paz —repitió Prudence con una sonrisa—. Es una manera preciosa de querer a alguien.

DIEZ

Si alguno de tus castillos o jardines carecen de fantasma o de leyenda sobrenatural que ponga los pelos de punta, no desesperes. Fíjate en si tienes cerca una colina, un bosque o un lago —me apuesto tres túnicas a que sí lo tendrás porque esto es Escocia— y echa mano de las hadas o de los caníbales. Las hadas suelen enfadarse con facilidad y enterrar las almas mortales al pie de árboles centenarios (por eso yo nunca como setas) o en el fondo de un lago, pero si estás en la costa oeste, pregunta a los lugareños por Sawney Bean y Agnes Douglas y prepárate para mirar debajo de tu cama cada noche antes de irte a dormir.

Doctor DAVID WILLOUGHBY, The Crow,
Breve guía para mi sucesor sobre castillos y jardines

Era la noche antes de Navidad y el gran salón de Gaoth Tuath resplandecía gracias al buen humor de los comensales más que por la tenue iluminación de las velas que Megan había insistido en encender. Natalia, a punto de sentarse a la mesa, con la mirada titilante por la fabulosa decoración, escuchaba a Henry quejarse con amargura a la tía Prudence de que tanta llama prendería las flores de Pascua de los centros de mesa, el fuego se extendería por la desgastada mantelería y asolaría las viejas cortinas hasta convertir todo en un infierno navideño. Sin embargo, la penumbra danzante de las velas rojas resultaba muy agradable y acompañaba bien la calidez de las largas guirnaldas de lucecitas que adornaban las molduras del salón y la gran chimenea de piedra. La cristalería, para catorce comensales, reflejaba alegre las luces danzantes sobre los manteles de color escarlata, bordados en oro, con la vajilla nívea y la cubertería plateada.

El castillo se había ido animando con febriles idas y venidas desde primera hora de la mañana, después de que las hermanas de la tía Prudence, con su obsesión por fotografiarlo todo con el móvil y sus sombreros estrambóticos, y los padres de John Waterstone habían llegado para asistir a la boda del día siguiente. Natalia, todavía temerosa de tomar la decisión equivocada, había desayunado en la cocina, arrinconada por la actividad incesante de Madeline y sus pinches. Le apetecía quedarse, pero aquella era una celebración familiar y, pese a lo mucho que Henry y Megan habían insistido en que no se fuese por nada del mundo, no estaba segura de no resultar una molestia. Llamó a Sonia, quien le preguntó si la acompañaría a la fiesta navideña que unos amigos comunes celebraban esa misma noche en Edimburgo. Natalia le contó a su amiga la situación en la que se hallaba y sus dudas sobre si volver.

—Porque estoy a gusto. —Al expresarlo en voz alta supo que así era—. Pero ya sabes qué dicen sobre las visitas y el pescado.

—¿Qué dicen?

—Que al tercer día huelen mal.

—¿Vas a quedarte ahí durante toda la Navidad?

—Debería volver a Edimburgo, ¿verdad?

—¿Te has vuelto loca? ¡Que le den a Edimburgo! Estás en Gaoth Tuath Castle y el heredero de los MacTavish te ha invitado al baile.

—Parece la sinopsis de un cuento de hadas. —Natalia se rio.

—Exacto. ¿Cuántas oportunidades crees que tendrás de vivir algo semejante?

Natalia, que pensaba que su vida estaba exenta de cualquier oportunidad, pensó que si Sonia estuviese allí se daría cuenta de que lo importante no era el cuento de hadas sino las personas que dotaban de magia su narración. Le deseó felices fiestas, se despidió y colgó el teléfono con la sensación de que esa llamada solo la había ayudado a tranquilizar su conciencia, porque, si era sincera consigo misma, hacía tiempo que había tomado la decisión de quedarse. Aunque solo fuese para lanzar pétalos de rosas a la pareja del «felices para siempre» que cerraría ese capítulo navideño.

No tuvo mucho más tiempo para continuar cavilando sobre cómo desaprovechar las oportunidades de la vida —cuestión que tampoco aparecía en la *Breve guía para mi sucesor sobre castillos y jardines* del doctor David Willoughby— porque Henry MacTavish apareció en la cocina para robar un par de galletas y un café y llevársela en volandas lejos del hormiguero de invitados en el que se había convertido su otrora retiro de piedra.

—Pasaremos el día en Perth —le explicó en el coche—. Iremos a unos jardines tan curiosos que querrás quedarte a vivir en ellos. Y luego nos hundiremos en el miserable pantano del consumismo navideño.

Aunque pasear con Henry entre los puestecitos de la calle principal de la ciudad de Perth no se parecía en absoluto a ninguna clase de miserable pantano, el abogado no se había equivocado con el efecto que los jardines de Branklyn tuvieron en la botánica desterrada. En los últimos años, Perth se había convertido en una ciudad moderna y dinámica, sede de muchas empresas tecnológicas, pero todavía quedaba en algunos de sus rincones ese eco medieval de cuando su proximidad a Scone, donde se coronaban los antiguos reyes, la convirtió casi en capital escocesa. Branklyn Gardens era uno de esos extraños lugares fuera del tiempo, salpicado de prímulas alpinas, rododendros, amapolas del Himalaya, violetas y rosas. Pese a que en diciembre las flores escaseaban, el verdor de las plantas bulbosas se mezclaba con el rojo de los árboles y la corola anaranjada de los arbustos. Los ejemplares más exóticos, procedentes de China, Bután y Tíbet, convivían con las especies autóctonas más resistentes y entrelazaban sus ecosistemas con una naturalidad rara y perfecta. Natalia recorrió los jardines dos veces y no lo hizo una tercera porque Henry la amenazó con llevársela a cuestas para evitar que se le congelasen los pies y la nariz.

—Volveremos en primavera, o en verano —le prometió—. Para entonces todo el jardín florece y dicen que es espectacular.

—¿Dicen? ¿Vives tan cerca y nunca has venido en primavera?

—Algo hay que dejar para la jubilación.

—Ah, disculpa, olvidaba que los jardines son para abuelitas victorianas como yo. Los jefes de clan andáis terriblemente ocupados para preocuparos por las flores.

—Mucho. Ya sabes, robando árboles a los vecinos, castigando a los traidores, trinchando jabalís, declarando la guerra a los anglicanos...

—O talando el bosque caledonio. —Natalia simuló una mirada fiera, pero no le salió demasiado bien. Henry estaba perfecto bajo el tímido sol de Perth, con el pelo alborotado por el viento, complacido porque se atrevía a bromear con él—. Dame de comer, jefe del clan MacTavish, o tendré que robar manzanas a los Campbell.

En el mercado navideño, una simpática hilera de casitas de madera barnizada que bordeaba una de las calles comerciales más ancha de Perth, probaron cinco clases distintas de chocolate, galletas de jengibre, pastel de ruibarbo y el famoso *hot toddy*, una bebida espantosa con whisky, limón, miel y especias.

—Es áspero y terrible —dijo Natalia con una mueca después del primer y último sorbo.

—Como Lodge —bromeó Henry, y se echó a reír.

A media tarde estaban cansados y cargados de bolsas, con las pequeñas compras del día, pero de buen humor. Habían intercambiado más ideas sobre las posibilidades de Gaoth Tuath y el enfoque que Natalia daría a su informe, sobre la conservación del bosque, la boda de Megan y John, las recetas de Madeline y el misterioso ingenio de la fabulosa tía Prudence. Pero, sobre todo, habían hablado de ellos mismos, el uno del otro, los dos a la vez, mezclando recuerdos y deseos, tanteando con cuidado la posibilidad de un lugar común, de una señal, de un vestigio de que caminaban juntos por el recién estrenado invierno. Como las amapolas del Himalaya de los jardines de Branklyn, no florecerían hasta la primavera, pero eso no significaba que no disfrutasen del solsticio.

—Deberíamos volver. A Lodge le habrá dado tiempo de planear media docena de asesinatos en nuestra ausencia, y te recuerdo que el castillo está lleno de posibles víctimas.

—Pobre Lodge, siempre leal a los MacTavish —dijo Natalia.

—Te he visto comprarle unos guantes como regalo navideño. Mala elección —se lamentó Henry—. ¿Te das cuenta de que así le facilitas no dejar huellas?

—No es tan peligroso. A Madeline le he comprado un broche en forma de flor y al tío Archie una bufanda.

—¿Vas a regalar una bufanda al tío Archie? No te sientas mal si no se la pone, estoy seguro de que le encantará, aunque...

—Sé que su vestuario es de otra época...

—Más bien, de otro mundo.

—... por eso he pensado que le gustaría llevar algo más acorde con este siglo.

—No tenías por qué comprar nada, tu ayuda con el castillo es el mejor regalo que puedes hacernos.

—Me apetecía tener un detalle, habéis sido muy amables conmigo, y la tía Prudence se toma muy en serio lo de los paquetes bajo el árbol. Por cierto, has comprado papel de carta a las damas de honor de Megan.

—Lo sé, es una idea lamentable. Ni siquiera estoy seguro de que sepan escribir.

—¿Qué quieres para ti?

Henry se paró junto a un puesto de castañas asadas, a salvo del torrente de niños y adultos alborozados en el que llevaban algún tiempo inmersos. Le apartó el pelo de la cara con la mano que le quedaba libre y la miró con un brillo divertido en los ojos.

—¿De verdad vas a preguntarme eso?

—Veamos —contestó Natalia, un poco cohibida por la intensidad de su mirada—, tienes el castillo, un bosque en peligro de extinción, la jefatura del clan MacTavish, una espada gigantesca colgada sobre la chimenea, el poder legal para recurrir a los tribunales si esa claymore no intimida lo suficiente... Ya lo tienes todo.

Henry sonrió, volvió a colocarle un mechón de pelo detrás de la oreja y le acarició la mejilla con suavidad.

—Ahora sí —susurró antes de besarla.

En su cuarto, mientras se vestía con los pantalones negros y la blusa blanca cruzada que se había comprado en uno de los puestos del mercado navideño, Natalia pensó que ni siquiera la visita de un fantasma dickensiano la obligaría a echar de menos cualquier Navidad pasada. Estaba a punto de sentarse a cenar con un puñado de desconocidos y, más allá de la timidez propia de su carácter, no sentía la menor inquietud. Los MacTavish eran amables y educados, generosos y hospitalarios, capaces de convertir un castillo enorme del siglo XVIII sin calefacción en un hogar del que costaba despedirse. Se había sentado en la cama para abrocharse las botas, cuando sonaron dos golpes en la puerta. Megan entró resplandeciente, enfundada en un vestido azul noche de lana tachonado de diminutas florecitas de cristal.

—Estás guapísima —le dijo Natalia con sincera admiración.

—Gracias. —La hermana de Henry levantó la bolsa de papel que llevaba consigo—. Pero a ti te falta algo.

Lanzó la bolsa sobre la cama y, como si del bolsillo mágico de Doraemon se tratase, empezó a sacar prendas de ropa en un remolino de gasa oscura y telas escocesas.

—Fuera esos pantalones, ya —le ordenó presentándole una larga falda de vuelo amplio confeccionada con el bonito entramado del tartán del clan MacTavish—. Debajo te pones estas enaguas negras para darle volumen y encima este cinturón ancho, te quedará fenomenal. —Esperó impaciente a que se siguiesen sus instrucciones con la autoridad de quien no ha sido desobedecida en su vida y pareció complacida cuando su invitada terminó de vestirse de nuevo—. Deja que te vea. Perfecta, ahora sí.

Natalia se plantó frente al espejo de la habitación y giró sobre sí misma un par de veces. El blanco de la blusa resplandecía en la penumbra y los colores del tartán daban al conjunto un toque navideño y elegante. Su reflejo le devolvió la sonrisa y, algo cohibida por la generosidad de su anfitriona, reconoció que se sentía guapa.

—Gracias, Megan, es preciosa.

—John me contó lo que pasó la noche de su llegada y que Henry te había abrigado con su tartán preferido, así que pensé que no le importaría que lo convirtiese en una falda. Larguísima —añadió con una carcajada—. Lo siento, me usé a mí misma de modelo. Espero que te parezca romántico arrastrarla un poquito.

—¿La has cosido tú?

—Las chicas me han ayudado, pero sí, tengo un pequeño negocio de costura en Inverness, a eso me dedico. El año que viene necesitaré montarlo todo de nuevo en Edimburgo porque el despacho de John no le permite mudarse al norte por el momento. Espero que vengas a verme.

Natalia le prometió que lo haría.

—Todos parecen pensar que estoy loca por casarme otra vez.

—A mí me parece que eres muy valiente.

—Si conocieses un poco más a John sabrías que no es una cuestión de valor. Con él todo es fácil. Tengo cuarenta y cinco años y un montón de proyectos de vida, pero ninguno pasa por complicármela. Era feliz en Inverness, saliendo con mis amigas, levantando con ilusión mi negocio, mimando a mis gatos y torturando un poco a Henry con mis ideas para reformar el castillo. Pensé que ya estaba, que todo quedaba en orden y en paz, que había llegado a ese momento al que llaman «madurez» y descubierto que no estaba nada mal. Y entonces conocí a John en la frutería de la esquina de mi casa, comprando melocotones fuera de temporada. Cuando nos despedimos ese día, después de que me invitase a tomar el té, supe que ni siquiera necesitaba esforzarme para hacerle un hueco en mi vida porque encajaba a la perfección con ese vacío en forma de melocotón que siempre sentía en el pecho.

—La vida es impredecible siempre, incluso cuando piensas que pisas tierra firme.

—Exacto —dijo mirándola con aprecio—. Y espero verte a menudo en Edimburgo, prima Mildred.

Cuando Megan se marchó, tras un grito de alarma al comprobar en su reloj que llegaban tarde a la cena de Nochebuena, Natalia se quedó unos minutos a solas en el dormitorio, todavía delante del espejo. Respiró hondo, se cepilló la melena y decidió que todo iría bien; había sobrevivido a reuniones familiares espantosas, así que encontrara lo que encontrase en el gran salón de Gaoth Tuath podría superarlo. «A menos —pensó con media sonrisa en los labios— que a alguien le dé por descolgar la enorme espada de los MacTavish». En el caso de que tal calamidad sucediera estaba preparada para salir corriendo, pues no había incluido en el equipaje zapatos elegantes y calzaba sus botas más cómodas y calentitas. El largo de la falda las tapaba convenientemente y arrastraba un poquito por el entarimado del pasillo, como si fuese la protagonista de una de las novelas góticas de sir Walter Scott.

En el descansillo se topó con la tía Prudence, que, de un excelente humor navideño, le ofreció el brazo para bajar juntas la escalera. Al doblar el recodo del segundo tramo, se encontraron con que Henry MacTavish, vestido con americana, chaleco a juego, camisa, corbata y kilt, las esperaba para escoltarlas hasta el salón.

—Una se queda sin aliento, ¿verdad, querida?

—Es impresionante.

Natalia, con la mirada prendida en los ojos del abogado que la aguardaba a pie de escalera, notó que las mejillas se le ponían a juego con el color de fondo del tartán de su falda.

—Me refería al montón de escalones que hay que bajar para ir a cenar —puntualizó la tía Prudence con una risita muy poco recatada—. Pero Henry vestido con el kilt de los MacTavish también tiene ese efecto.

Cuando entraron en el salón, la anciana tuvo la deferencia de cederle su lugar en la mesa, a la izquierda del jefe del clan, pero como declaró no estar dispuesta a privarse del placer de su compañía, se apresuró a sentarse al otro lado de Natalia tras presentarle a sus dos hermanas viudas. Le recomendó que, bajo ningún concepto, desmintiese que era la prima Mildred, a riesgo de convertirse en objeto de suspicacias por parte de las dos señoras, y, en cuanto los pinches de Madeline Lodge acabaron de servir la famosa sopa de la cocinera, le preguntó cómo celebraba las Navidades su familia. Natalia, que para no incurrir en la mentira hubiese refrescado recuerdos tristes, le dijo que se comía y se bebía mucho, sin entrar en más detalles.

—Como aquí, entonces. —La tía Prudence le sonrió.

—Pero sin castillo ni árbol de Yule —intervino Henry, que las había escuchado.

—Y sin el tío Archie.

—No se sentará a la mesa. Esta noche tiene... mmm... una función especial de Navidad. De sus recreaciones históricas sobre la batalla de Waterloo y eso.

—Es infatigable. Lo echaré de menos.

—Se lo diré cuando lo vea.

La primera cucharada de sopa *cock-a-leekie* borró cualquier mal recuerdo de otras Navidades del corazón de Natalia, la segunda le hizo creer que la entrada del paraíso estaba en la cazuela de una cocinera escocesa. Cuando terminó la sopa, después del primer brindis a cargo de John, entre los vítores de las damas de honor, el discurso emocionado de Megan sobre las raíces y las tradiciones y el centenar de fotografías de las tías Agatha y Sophie —que en lugar de enfocar a sus familiares se dedicaban en cuerpo y alma a inmortalizar los arreglos florales de la mesa—, Natalia miró a Henry y le devolvió la sonrisa. Le bastó con el primer plato para entender que había llegado a casa.

ONCE

No importa si has nacido en las islas Flannan o al norte de Glasgow, nunca sabrás lo suficiente sobre terror patrimonial escocés. Si buscas en la letra A de *Armadale* encontrarás «Antiguas creencias sobre salvar castillos», donde hablo de los expedientes más horripilantes de The Crow; como el caso de los propietarios de Stalker Castle, que tiraron un muro para reformar un cuarto de baño y encontraron al abogado de su tatarabuelo emparedado, o el caso de la familia de Tantallon Castle, quienes hasta 2020 no descubrieron que sus rosas ganaban siempre en la feria del condado porque su tataratía las había plantado sobre un cementerio celta. En la biblioteca de The Crow hallarás miles de historias, supongo que el secreto es no perderse en ninguna de ellas. La belleza del patrimonio que ayudas a salvar resulta innegable, pero encontrarse a uno mismo entre las ruinas de lo que una vez fuiste, y reconocer el mérito de tu presente, supera con creces cualquier otro rescate que quede en tus manos.

Doctor David Willoughby, The Crow.
Breve guía para mi sucesor sobre castillos y jardines

La mañana de Navidad amaneció de un somnoliento gris. Henry salió a pasear por el bosque, antes de que el castillo despertara con la locura de la boda de su hermana, y volvió con la extraña sensación de que el mundo se había quedado quieto y en silencio alrededor de Gaoth Tuath. Aunque no había celebrado todas sus Navidades en el castillo, allí permanecían los mejores recuerdos de sus solsticios. Recuerdos ligados a la memoria de sus abuelos y sus padres, a su infancia, cuando quería ser Tom Sawyer y Megan lo mortificaba negándose a ser su Sid, cuando dormían junto a la chimenea del salón con la intención de sorprender a Santa Claus y Madeline les llevaba galletas con chocolate a hurtadillas. Conocía bien esa sensación de tiempo detenido, de cielos grises como los ojos del hada, de ausencia del viento del norte; nevaría.

De vuelta en su habitación, se dio una ducha tibia y se afeitó con calma mientras el tío Archie jugaba a anudarse la pajarita de su traje de gala silbando «My Bonnie Lies over the Ocean». Para la ceremonia de su tatarasobrina llevaba un kilt muy parecido al de Henry.

—Me alegra verte de buen humor, tío Archie.

—Pues aprovecha, que no durará mucho.

—¿Tu buen humor?

—Que me veas, muchacho, que sigas viéndome.

Ignorando la críptica mirada del espíritu, que invitaba a hacerle preguntas que, por experiencia, el abogado sabía que dejaría sin contestar, Henry prefirió no entrar al trapo y cambió de tema mientras se abrochaba la camisa blanca.

—Anoche no apareciste por la cena de Yule.

—Pensé que te pondría en un aprieto con Prudence y los demás.

—¿Desde cuándo te preocupa que pueda parecerles un loco que habla con su tío imaginario?

—Demonios, lo que piensen los demás no debería ser de tu incumbencia.

—¿Ni siquiera lo que pienses tú?

—Eso es otro asunto, maldito abogado.

—Espero que asistas a la ceremonia...

—No me la perdería por nada del mundo.

—... y a la apertura de los regalos en el vestíbulo. Natalia te ha comprado algo.

—Pues buena suerte cuando intente dármelo. Es un poco zopenca para ser exorcista, ¿no te parece?

—No lo es.

—¿Zopenca o exorcista?

—Ninguna de las dos.

—Eso explicaría muchas cosas. De todas formas, no importa.

Henry lo miró con desconfianza; tal vez había subestimado el aire misterioso de gato que se ha zampado a escondidas al ratón que lucía su recalcitrante pariente.

—¿Todo está bien, tío Archie?

—Pronto lo estará.

Unos golpecitos en la puerta lo salvaron de la siguiente pregunta de su sobrino, que vio como el fantasma salía pitando para asomar la cabeza a través de la madera para averiguar quién estaba llamando.

—Es Megan. Con un sombrero muy raro.

—Adelante.

Su hermana, en bata, zapatillas y unos rulos de color fucsia todavía en la cabeza, entró en la habitación y fue directa a darle un abrazo un poco más suave de lo que solía ser habitual en ella.

—Es para no arrugarte la camisa —aclaró—. Estás muy guapo, Henry.

—Eso debería decirlo yo.

—No mientas, muchacho —lo riñó el tío Archie.

—No he terminado de vestirme —continuó Henry ignorando al fantasma—. ¿Qué haces aquí, Megan? ¿Te has arrepentido? Puedo tener el coche listo, en la puerta principal, en diez minutos. Si salimos ahora, estaríamos en Inverness para almorzar.

El capitán Archibald MacTavish soltó un bufido desdeñoso.

—Los MacTavish no huimos. Y menos de un inglés borracho.

—No me he arrepentido. —Megan se rio—. Solo que... echo de menos a mamá y a papá. Pensaba en ellos cuando tenían nuestra edad, en lo guapísima que nuestra madre estaba cuando se ponía su traje rojo y los pendientes de la reina María.

—Me acuerdo de esos pendientes —dijo muy contento el tío Archie—. Empezaron siendo las joyas de la molinera que proveía de pan a los Estuardo, pero con cada generación de MacTavish que se sucedía la propietaria original subía de categoría social, hasta que acabaron perteneciendo a la reina.

—Y en cómo papá decoraba el árbol y cantaba aquellas canciones tan antiguas. ¿Tú te acuerdas de la abuela, Henry? Yo no. He encontrado un poema en gaélico de su puño y letra, aunque seguramente lo copió de otra versión todavía más antigua. Voy a leerlo para John. Pienso en toda la historia que guardan estas paredes, en todo lo que hemos olvidado y nos era tan querido.

—Es por eso que lleva en la cabeza, le dificulta la memoria.

Aunque tenía mucha práctica ignorando al fantasma cuando se hallaba en compañía de otras personas, a Henry a veces se le escapaba la risa por sus ocurrencias. Para disimular, se dio la vuelta un segundo, cogió el chaleco de la percha y siguió vistiéndose frente al espejo, con Megan sentada en la cama a sus espaldas.

—Yo también los echo de menos —confesó a su hermana—. Esta mañana he salido a pasear y me ha entrado nostalgia de todas las Navidades celebradas en Gaoth Tuath.

—Las mejores.

—Lo fueron. Pero eso no significa que las que están por llegar no sean también felices.

—Ay, Henry, tengo la sensación de que hemos desperdiciado la mejor parte de nuestras vidas.

—*Tempus fugit* —pronunció el tío Archie poniéndose delante del espejo para que Henry no pudiese ignorarlo—.

Los jóvenes os pensáis que tenéis toda la vida por delante, derrocháis el tiempo más valioso y, de pronto, llega la guerra y un batallón de húsares napoleónicos arrasa con todas tus esperanzas.

Su sobrino se apartó del espejo y se sentó para ponerse los calcetines y los zapatos sin darse por aludido.

—No digas eso, no es cierto.

—Quizá para ella no —siguió el fantasma—. Aunque, con eso que tu hermana lleva en la cabeza, los fusileros lo hubiesen tenido fácil para hacer blanco.

—Todo va a salir bien con John, es un buen tipo, y cuando hablé con él la otra noche me pareció que lo único que le preocupaba de todo esto es que tú estuvieses bien, Megan.

—Estaba borracho como una cuba por el condenado whisky casero de los Ferguson, mal rayo los parta, así que supondremos que decía la verdad —puntualizó el tío Archie.

—¿Crees que envejeceremos juntos? —suspiró Megan.

—¿Qué le pasa a esta familia? Sois todos unos blandengues, maldita sea. En mis tiempos, os hubiese comido la cabeza un dragón.

—Estoy convencido.

Una marea creciente de gritos, risas y exclamaciones ininteligibles se abalanzó sobre la puerta del dormitorio de Henry, se las compuso para abrirla y desembarcó en forma de invasión de damas de honor envueltas en voluminosas capas y volantes de tul blanco que se agitaba a un ritmo desenfrenado.

—*Weeeeee!*

—¡Te estábamos buscando!

—¡Todavía tienes que vestirte!

—¡No encuentro los zapatos!

—¿Y esas furias infernales? —se asustó el tío Archie.

—Son las damas de honor.

—¿Han pasado por el taller de los Ferguson?

—No creo que estén borrachas. Son así.

—*Weeeeee!*

—¡No puedes estar aquí!

—Trae mala suerte ver a la novia —acusó a Henry una de ellas.

—Claro, encanto, de eso estoy así yo —lo defendió su tío—. En Waterloo era ver a una novia y, ¡zas!, condenados por la mala suerte.

Un inglés aturdido, con gafas, esmoquin y cara de no saber atarse la pajarita aprovechó que la puerta se había quedado abierta para echar una ojeada dentro de la habitación.

—¿Hola?

—¡John! —Megan pisoteó sin compasión el mar de damas de honor que la ahogaba y se lanzó en brazos de su prometido.

—¿Y a él nadie le dice que no puede ver a la novia? —gruñó el fantasma.

Tío y sobrino, acorralados por la superpoblación del dormitorio, buscaban una vía de escape.

—Entre tantas enaguas y aspavientos es difícil de ver, tío Archie.

—¿Has acabado de vestirte?

—Creo que me faltan los gemelos.

—Sobrevivirás sin ellos. Vámonos, esto es inaguantable.

Hallaron refugio en la cocina de Madeline Lodge y allí fue donde los encontró Natalia, sentados en un rincón, más o menos a salvo de la vorágine del cáterin, de los pinches y de la cocinera, quienes ejecutaban un baile hipnótico a su alrededor mientras los ignoraban de manera muy cortés y concentrada.

—Estás guapa, muchacha —le dijo el tío Archie.

Natalia llevaba la falda que le había confeccionado Megan el día anterior, pero esta vez la combinaba con un corpiño negro de terciopelo sobre una camisa del mismo color y se había recogido el pelo en un esplendoroso moño alto.

—Guapa es quedarse corto —la admiró Henry—. Ven, siéntate con nosotros, todos se han vuelto locos ahí arriba.

—He bajado a por una taza de té. Ah, la tía Prudence te está buscando.

—Ya voy yo —se ofreció el fantasma, y desapareció antes de que Henry tuviese tiempo de replicar.

—¿Cómo lo hace? Lo de esfumarse así. Tienes que hablarme de los pasadizos y las trampillas secretas de este castillo.

—Déjalo. —Henry intentó quitarle importancia—. Siéntate aquí, voy a por tu té. Tenemos tiempo de sobra.

Pero la tía Prudence, que no era de la misma opinión, no tardó en dar con ellos y los arengó sin piedad mientras los empujaba camino del vestíbulo, donde lo organizó todo para que Henry se quedase de pie, en posición de firmes, y diera así la bienvenida a los asistentes a la boda junto a la puerta del salón y luego arrastró a Natalia a su interior para que la ayudase con los arreglos florales de la glorieta. Al pasar apresurados por delante del árbol de Yule, un quinteto de gaiteros sobresaltados por su inesperada aparición se dispuso a soplar.

—No, no —los riñó la anciana—, nada de gaitas todavía. Hasta que no baje el novio no se empieza. ¡Lodge! ¿Dónde está Lodge? Necesito más lazos de tartán para los bancos.

—¿Señora?

—¿Adónde va con esa escopeta? No es temporada de faisanes.

—Es por la guardia.

—¿Qué guardia? —intervino Henry, sin atreverse a abandonar su posición militar a la puerta del salón.

—La guardia escocesa, señor. Por protección.

—Lodge, no es que menosprecie su vocación de guardaespaldas, pero esto es una boda, ¿qué protección cree que vamos a necesitar?

—Nunca se sabe, señor.

—Entiende que John no ha raptado a la novia de ningún clan enemigo, ¿verdad? Y que yo no he robado el árbol a los Campbell —añadió con suspicacia entornando los ojos.

—No me lo recuerde, señor.

—Henry, ¿por qué los padres de John ya están sentados en su sitio? —preguntó la tía Prudence.

—Supongo que no querían llegar tarde a la boda de su hijo.

—¿Cómo vamos a adornar los bancos con ellos ahí plantados?

—Puedo encargarme, señora. —Lodge levantó el cañón de la escopeta listo para entrar en acción.

—Iré a hablar con ellos —se ofreció Natalia antes de que Henry soltase algún exabrupto contra el dispuesto mayordomo.

—Agatha, Sophie, ¿qué hacéis ahí plantadas? —se quejó

la intrépida anciana—. Dejad de fotografiar a los gaiteros y ayudadme con las flores.

—Tía Prudence —llamó Megan, asomada a la barandilla de la escalera de la segunda planta—, no encuentro mi collar de perlas y se me ha roto un lazo del corsé. John está tan nervioso que tartamudea y mis damas de honor se han puesto a llorar a moco tendido. Me van a contagiar, y si me deshago en lágrimas yo también, se me emborronará el maquillaje. Todo es un desastre.

—Por supuesto que no, querida —contestó su tía—. En un minuto estoy contigo.

Fue entonces cuando a Henry le entró la risa, que murió en sus labios en cuanto la tía Prudence lo fulminó con la mirada. Recuperó su posición de guardián de la puerta y esperó a que la anciana desapareciese escalera arriba para soltar un largo bufido. Aquella era su familia, una panda enloquecida de escoceses a punto de celebrar una boda en Navidad. Una ola de amor y gratitud lo envolvió con calidez y le devolvió la sonrisa. Podía ver a Natalia moviéndose ligera en el salón, adornando los bancos con los ramilletes que acunaba entre los brazos, serena en medio de la tempestad. Se preguntó cómo sería bailar con ella cuando todo terminara, cuando los invitados se hubiesen ido a dormir y el castillo volviera a la quietud de sus noches de invierno. Al otro lado del salón, las ventanas con parteluces seguían grises, salpicadas por el reflejo de la multitud de lucecitas navideñas de la decoración. Fuera, los bosques de Gaoth Tuath se mecían levemente, a la espera de nieve, con el compás tranquilo del pulso firme del último jefe del clan de los MacTavish.

Por fin, los gaiteros emprendieron la melodía que anunciaba la llegada del novio. Las damas de honor, con los ojos hinchados, ocuparon su lugar en el pasillo alfombrado de pétalos de rosas. Los invitados se sentaron tras el matrimonio Waterstone, que no cedió ni un ápice su posición. Y todo quedó a la espera de la novia. La tía Prudence, sonrojada y un poco despeinada por su actividad al frente de las tropas, sonreía feliz desde su atril, dispuesta a oficiar la ceremonia. Madeline Lodge, sin delantal, se sentaba muy erguida y sonriente en un banco de la última fila junto a su envarado —y por suerte desarmado— marido, y el tío Archie, emocionado por el sonido tan querido de las gaitas, se mantenía en pie, cerca de la chimenea, detrás de todos.

Y llegó el momento en el que Megan, preciosa con su traje de novia de larga cola, diseñado y confeccionado por ella, bajó la escalera con la mirada prendida en su hermano, el corazón rebosante por la música y un ramo de hortensias azules apretado en la mano derecha. Enlazó su brazo con el de Henry cuando este salió a su encuentro junto al árbol de los Campbell y esperaron a que cambiase la melodía para entrar en el salón, bajo el auspicio del cariño y los buenos deseos de todas y cada una de las personas que los esperaban dentro.

Henry entregó a la novia, se sentó junto a Natalia y la cogió de la mano con la extraña sensación de que el hada saldría volando si no la sujetaba. Respiró hondo el aroma del enebro recién cortado, del romero y la salvia de la decoración y sonrió a la tía Prudence, quien dio comienzo a la ceremonia.

Todo fue bien hasta que John leyó sus votos, largos, entrecortados y tan aburridos que Henry creyó oír unos sospechosos ronquidos procedentes del banco de las tías Agatha y Sophie. Una eternidad después, le tocó el turno a una emocionada Megan, que explicó, en voz demasiado alta, que el poema que estaba a punto de leer había pertenecido a las mujeres de su familia desde tiempos inmemoriales y que, en deferencia a John y a sus padres, había pasado la noche en vela traduciéndolo al inglés del original en gaélico.

Cuando el invierno te sea
pesado sobre el pecho
y blanco en las sienes.
Cuando sientas que tus pies
van por caminos de agua.
Cuando te duela la ausencia
de quienes partieron,
por quedarte a mi lado
te daré las gracias.

La alarma saltó en el cerebro de Henry, que se removió inquieto en el banco y ladeó la cabeza rápidamente buscando al tío Archie. Había sido un completo imbécil por no saber interpretar las pistas que tenía delante de las narices. Desde que Megan había encontrado el poema, se habían acabado las quejas sobre el exorcismo, el malhumor y las malas caras. No se trataba de que el espíritu de Yule hubiese aplacado al del castillo, sino que este último había pasado de cualquier tradición y había encontrado la salida que llevaba buscando durante tanto tiempo. El fantasma, más traslúcido que nunca y ajeno a la preocupación de Henry, que empezaba a comprender su error, se alejaba alegre en dirección a la puerta abierta del salón.

Para entonces te habré querido tanto
que nada borrará el recuerdo
de tu sombra inquieta,
de tu alma buena,
de tu noble espada.

Henry se soltó del delicado amarre del hada y, con tanta discreción como pudo y cruzando los dedos mentalmente para que Megan no se diese cuenta de nada, abandonó el salón en persecución del huidizo espíritu de su tío. Lo encontró frente a la puerta principal, de espaldas al vestíbulo, escuchando atento las palabras que Megan desgranaba en voz alta y que resonaban en los altos techos del edificio. Sin preocuparle un ardite que los gaiteros junto al árbol lo tomasen por el desquiciado en el que su familia amenazaba en convertirlo, lo llamó con el corazón en un puño.

—Tío Archie.

Te abriré las puertas
y serás libre.
Como la alondra,
como el invierno,
como la voz del norte
que a veces te llama.

—Estarás bien, muchacho —dijo el fantasma sin volverse para mirarlo antes de traspasar las puertas dobles del castillo.

Henry se precipitó hacia delante con tanta urgencia que estuvo a punto de darse en la cabeza con la recia madera de roble antes de entender que él no podía atravesarla. Abrió una de las hojas y salió del edificio. El espíritu seguía escuchando con atención los versos traducidos del poema, pero tenía la vista fija más allá del prado, entre las copas altas del bosque.

—Tío Archie, por favor, no te vayas. Todavía nos quedan muchas partidas de ajedrez, muchas botellas de oporto. Todavía...

—Son las palabras, tiran de mí. Del otro lado. —Se volvió hacia su sobrino y le sonrió. Parecía haber hecho las paces con el mundo—. He cruzado la puerta, por fin. Megan dio con el poema.

Lo sabía, por eso había dejado de darle la vara con el exorcismo. El capitán MacTavish había entendido de qué se trataba en cuanto su tatarasobrina encontró aquellos versos antiguos entre las cosas de su abuela.

Te abriré las puertas.
Del tiempo,
del sueño,
del corazón
y de mi casa.

La voz de su hermana sonaba lejana, como en un sueño, pero todavía podían entenderse a la perfección cada una de las palabras que iban a dejarlo huérfano.

—Estarás bien, muchacho —repitió el fantasma con verdadero cariño—. Quedas en buenas manos. Me voy en paz. He tenido mucho más de lo que me correspondía, he sido muy afortunado. Recuérdame así.

—¿No puedo hacer nada para convencerte de que te quedes?

—¿Es que no has oído ni una palabra de cuantas te he dicho, maldito abogado? Mal rayo me parta, no he criado a una estirpe de sordos.

—No sé por qué voy a echarte tanto de menos.

—Ni se te ocurra.

Henry tragó saliva con dificultad, rendido por momentos a la voluntad de su tío.

—Gracias por todo este tiempo, tío Archie —pronunció en voz baja cuando el fantasma se alejó un par de pasos en dirección al prado—. Gracias por cuidar de los MacTavish durante todos estos años.

—¡Una copa de oporto a mi salud, muchacho! —lo saludó su tío volviéndose una última vez con una sonrisa enorme en su rostro transparente—. ¡Una copa de oporto! *Vincere draconis!*

Y viviré por siempre
con la puerta abierta
por si me llamas.
Con la certeza
de que te quedaste
porque eras viento
y eras raíz.
Porque eras savia
y libertad y agua.
Porque eras noche,
y eras consuelo.
Y porque me amabas.

Natalia lo encontró allí de pie, a la puerta de su castillo, al borde del prado descuidado donde habían planeado instalar los invernaderos de fresas. Tenía la mirada perdida más allá del bosque caledonio, por el camino que había escogido para irse su mejor amigo, el capitán Archibald MacTavish, vencedor de dragones. Se detuvo a su lado, enlazó sus manos con la confianza y el amor que seguirían sorprendiéndolos durante los años venideros y apoyó la cabeza en su hombro.

—¿Sabes si el doctor Willoughby tiene alguna receta contra el mal de ausencias de los escoceses? —preguntó Henry con la voz ronca por la emoción.

—El tío Archie se ha ido —comprendió Natalia—. ¿Has podido despedirte?

—Llevaba despidiéndose de mí los dos últimos años.

—Lo siento, Henry —dijo con su encantadora hache aspirada.

—Me ha asegurado que estaré bien.

—Entonces, así será.

—¿Por qué tienes tanta confianza en la palabra de un escocés chiflado?

—Por la *Breve guía para mi sucesor sobre castillos y jardines* del doctor David Willoughby. Puede que no contenga ningún consejo sobre la marcha de un ser querido, pero casi siempre tiene razón en todo lo demás y la escribió el más chiflado de los escoceses.

Y así fue como Henry recibió los primeros copos de aquel diciembre, bajo el cielo gris como los ojos del hada acurrucada en su costado, con la promesa prístina del viento del norte en los oídos y la certeza en el corazón de todas las cosas verdaderas que jamás cambiaban.

Cuarenta y seis Navidades escocesas antes...

LA NAVIDAD DEL DOCTOR WILLOUGHBY

A sus veintiocho años, el doctor David Willoughby solo creía en la veracidad absoluta de dos principios: la infalibilidad de la ley de Littlewood y que siempre amaría a Alice Brown. John Edensor Littlewood fue un matemático británico que sostenía que una persona podía contemplar un milagro al mes si se mantenía atenta durante unas ocho horas al día. Definía «milagro» como un acontecimiento hermoso y único, de significado especial, y que ocurría con la frecuencia de uno entre un millón; de ahí la importancia de estar alerta a los pequeños detalles cotidianos durante buena parte de la jornada, para encontrar la excepcionalidad de la belleza. En cuanto a Alice Brown, la bibliotecaria de cultura clásica de la segunda planta de la Biblioteca Nacional de Escocia, bueno, ella era definitivamente perfecta, un milagro pelirrojo en movimiento.

David, que había heredado de su abuelo materno los ojos grises y esa extraña tendencia a conectar con lo sobrenatural, entró a trabajar en la Oficina de Rescate de Patrimonio Escocés (Heritage Rescue Office) como becario antes de terminar la carrera de Historia en la Universidad de su Edimburgo natal. La primera vez que traspasó el umbral del pequeño despacho desastrado de las antiguas mazmorras de la Biblioteca Nacional —el mismo al que años después, en un siglo distinto, habría de devolverle su dignidad la extraordinaria Natalia Castro—, supo que siempre pertenecería a aquel lugar. Con una imaginación desbordante, una altura desgarbada a lo Dick Van Dyke y un entusiasmo inversamente proporcional a la escasez presupuestaria del departamento, se había quedado solo al frente de la Oficina de Rescate de Patrimonio antes de lo previsto. Fue entonces cuando encargó la placa de Castle Rescue Office and Whatever (CROW) porque le parecía que, salvo él, nadie iba a entrar en aquel despacho, así que no le llevarían la contraria, y también, un poco, por hacer la puñeta a Percival Glencoe III, el aristocrático portero alérgico a las excentricidades de unos historiadores que, en su opinión, desprestigiaban la Biblioteca Nacional.

Repartía su tiempo laboral entre la documentación histórica del patrimonio escocés y los refunfuños que le sobrevenían cada vez que le denegaban, por falta de recursos, la implementación de los planes de actuación que con tanto detalle había redactado durante el fin de semana anterior para salvar Urquhart Castle, proteger los jardines de Drummond o abrir al público los salones de la reina Mab. Cuando se sentía demasiado desalentado para idear nuevos planes de rescate que nunca llevaría cabo, sacaba del primer cajón de su escritorio un manoseado ejemplar de *Ivanhoe* que había birlado de la sección de aventuras de la Biblioteca Nacional y releía sus pasajes preferidos mientras terminaba, pesaroso, su termo de té. Pero, a veces, la decepción se volvía una losa tan pesada que recurría a métodos extremos para despistar el desánimo; subía a la sección de cultura clásica e invitaba a tomar café y pastel de ruibarbo a Alice Brown, la belleza pelirroja por la que David Willoughby hubiese cruzado a nado el mar del Norte hasta Dinamarca si ella se lo hubiese pedido. Alice, que con toda probabilidad no tenía ni idea de la adoración secreta del doctor y que parecía lo suficientemente sensata para no pedir a nadie semejante barbaridad, aceptaba tomar café con su excéntrico vecino del sótano sin saber que a menudo lo rescataba de la rendición más absoluta.

El miércoles de la segunda semana de un diciembre lluvioso, David entró como de costumbre en la Biblioteca Nacional dejando al otro lado de las espantosas puertas automáticas los restos de su paraguas y una tormenta de proporciones bíblicas. Hubiese sido un mal día aunque luciera el sol y un radiante arcoíris cruzase el cielo azul porque, la tarde anterior, un burócrata había vuelto a denegarle el presupuesto para salvar las rosas chinas de los jardines de Inverewe y, además, Alice Brown le había confesado, entre taza y taza de café, que estaba prometida con un dentista de Galloway. Restregaba con saña la suela de los zapatos en la viejísima alfombra de bienvenida, imaginando la cara del maldito dentista, cuando la siniestra sombra de Percival Glencoe III se abatió sobre él.

—Willoughby —lo interpeló el portero al tiempo que le tendía un sobre de color marrón y se las apañaba para que el apellido de David sonase como una expresión a medio camino entre el asco y el desagrado.

—Gracias, Glencoe. —David se secó los dedos en el pantalón de pana antes de coger el sobre y echó a andar hacia la escalera—. Por cierto, es doctor Willoughby.

—¿Qué?

Algún día tendría que enfrentarse a ese terrible desdén, a esa malevolencia, a esa mirada de desprecio, a esa maldita manía de entregarle el correo con retraso.

—Nada. Que tenga un buen día.

Instalado en el despacho del sótano, con una taza de té bien caliente entre las manos, el corazón roto y una galleta de chocolate medio mordisqueada, David abrió el sobre, sacó el tarjetón marrón que contenía e intentó salir de su asombro tras leer unas cinco veces las breves líneas del mensaje:

> Apreciado doctor Willoughby:
>
> Me veo en la acuciante necesidad de pedirle que venga cuanto antes a Gaoth Tuath Castle. Temo que el perro infernal de su abuelo haya vuelto.
>
> Suyo afectísimo,
>
> BRUCE MACTAVISH,
> jefe del clan MacTavish

No por primera vez a lo largo de su breve carrera profesional, el doctor David Willoughby lamentó que tantos años de estudio sobre el pasado de Escocia no hubiesen arrojado ni la mínima pista de cómo se reta en un duelo de honor a un jefe de clan de las Highlands (probablemente porque nadie había sobrevivido con éxito a dicha empresa para contarlo).

Su abuelo había sido un hombre de recio carácter, pero de ahí a que Bruce MacTavish lo llamara «perro infernal» distaba una irrespetuosa distancia. En busca de sabio consejo, el agente de CROW o, mejor dicho, The Crow, pues así acabó conociéndose el departamento de David, hizo lo que suelen hacer todos los hombres sensatos de veintiocho años del planeta: llamó por teléfono a su madre. Clare Willoughby, después de quejarse de la cantidad de tiempo trascurrido desde que su único hijo había ido a comer con ella por última vez, le dio su opinión sobre el tarjetón procedente de Gaoth Tuath.

—No creo que ese buen hombre de los MacTavish quiera insultar a tu abuelo, que en paz descanse, pero parece necesitado de ayuda y los Willoughby nunca dejamos a nadie en la estacada. Abrígate, hijo, que han anunciado nieve en el norte, y echa en la maleta calcetines de sobra por si se te mojan los pies. Calcetines sin agujeros, cerciórate. Y dobla bien los jerséis aunque sean de lana gorda, que luego quedan arrugadísimos. Llévate el azul y el verde. No se te ocurra coger ese de los osos panda, te resta credibilidad, a no ser que viajes a China, donde tienen esa querencia por los osos panda y el bambú que...

Gaoth Tuath Castle había entrado en el siglo XX con la dignidad tocada de las propiedades modestas sujetas al impuesto de sucesiones británico. Había sobrevivido al paso de varias generaciones de MacTavish, a dos guerras mundiales, al interés de las damas de la parroquia rural —por el sencillo motivo de que no había ninguna—, al inclemente clima no apto para cobardes de las Highlands y a los numerosos intentos de las ovejas de los Campbell por colarse en su salón principal tras pastar descontroladas en el prado trasero. David había leído con atención todos los informes, las quejas y otras cuestiones burocráticas sobre el castillo del clan MacTavish antes de salir de Edimburgo en dirección norte con su destartalado Mini, pero nada lo había preparado para encontrarse con aquella copia en miniatura un tanto siniestra del de Cawdor a los pies de un antiquísimo y hermoso bosque. Decidió que aquel momento, inmortalizado por el trino de los escribanos nivales, aquel paraje bajo el cielo gris, con las colinas de fondo y el rumor tranquilo de las coníferas meciéndose al compás de una música ancestral, contaba como su milagro Littlewood de diciembre.

—Juraría que es caledonio —murmuró mientras recorría el último tramo de la carretera de grava que unía el bosque con el castillo.

Aparcó el cochecito junto a los tres vehículos que descubrió delante de la fachada trasera del edificio y, aterido y con la sensación creciente de que no debería estar allí, caminó despacio hasta la puerta principal. La piedra gris, oscurecida por el paso del tiempo y la humedad, se erguía impresionante sobre una suave y desgastada colina. A lo lejos, al otro lado de los tenues verdes del bosque, tocados aún del rojo y el oro otoñales, la niebla avanzaba inmisericorde como un mal presagio.

Se concedió un minuto para contemplar la fachada imponente de remates almenados y tejado a dos aguas, a ambos lados del cuerpo principal, que reposaba custodiado por sus respectivas torres, y se acercó a la entrada precedido por las nubecillas de vaho de su respiración. Un joven malhumorado y siniestro, con un corte de pelo a lo Beatles y el ceño de un trol de las cavernas, le robó el placer de golpear la puerta con la enorme aldaba al abrirla antes de tiempo.

—¿Se ha perdido? —preguntó a David con algo parecido a la decepción tras inspeccionarlo de arriba abajo.

El historiador, que estaba más que acostumbrado a las miradas malintencionadas de Glencoe, el cancerbero de la Biblioteca Nacional, no se desalentó.

—Soy el doctor David Willoughby, de The Crow. Bruce MacTavish me espera.

—Lo dudo.

—¿Mi identidad o la espera del señor MacTavish?

—No necesitamos forense. De momento —añadió el joven con la sonrisa más siniestra del sur de las Highlands.

—No soy esa clase de doctor —observó David con un hilo de voz y la garganta súbitamente seca.

—¿Quién es, Lodge?

Un anciano alto y robusto, de abundante pelo canoso, espalda ancha y un tono de piel que sugería mejor vida al aire libre, lo salvó de la extraña conversación con el joven al llegar presuroso hasta la puerta tras cruzar el vestíbulo a grandes zancadas.

—Ah, el doctor Willoughby, supongo —dijo el recién llegado tendiéndole una mano grande y poderosa antes de invitarlo a entrar.

A David, que no se le escapó el romanticismo victoriano de la frase de bienvenida ni la profunda tristeza en los ojos del viejo señor del castillo, le pareció que había retrocedido cien años en la historia de Escocia incluso antes de traspasar el umbral del clan MacTavish. Estrechó la mano que se le ofrecía y entró en el impresionante vestíbulo de Gaoth Tuath, dejando que el siniestro mayordomo cerrase el portalón a su espalda, con lo que le pareció una mirada de advertencia sobre las pocas posibilidades que tenía de volver a salir de allí con vida.

—Encantado, señor.

—Muchísimas gracias por haber venido con tanta rapidez. Siento ser tan directo, pero mi hijo menor y su esposa no tardarán en llegar, por las vacaciones de Navidad, y necesito que este asunto esté resuelto antes de que aparezcan todos. ¿Le apetece que le enseñe el castillo y luego le expongo el problema? Lodge se encargará de su maleta.

El interior de Gaoth Tuath era frío, pero sus amplios ventanales y los marcos y las vigas de madera desmentían la lobreguez de su exterior. Apenas quedaban alfombras, habían desaparecido casi todos los cuadros y los tapices de las paredes y la mitad de las lámparas brillaban por su ausencia, pero la piedra de las paredes, las escaleras, los altos techos y los remates ojivales de los dinteles seguían siendo extraordinarios y parecían en perfecto estado. David había leído que en 1800 el arquitecto William Playfair, amigo de la familia, diseñó los frisos y las columnas clásicas, remodeló casi toda la planta baja y añadió las grandes ventanas que volvían luminoso y casi alegre tanto el vestíbulo como el fabuloso salón principal.

Bruce MacTavish resultó ser un guía algo taciturno, pues apenas le contó nada sobre la historia del castillo o su mantenimiento. Sin embargo, hizo gala de una paciencia infinita cada vez que su invitado se detenía a contemplar el *opus latericium* de la pared oeste, la espada claymore sobre la enorme chimenea del salón o las fabulosas vistas desde lo alto de la torre norte. En diciembre, la hora del crepúsculo rondaba las cuatro de la tarde y, a lo lejos, más allá de la niebla baja, el horizonte oscuro de la línea del bosque besaba un cielo rosado entre dos luces.

Cuando entraron en la increíble biblioteca de los MacTavish, David necesitó casi un cuarto de hora para cerrar la boca y atender a la petición de su anfitrión de que se sentase en la otra butaca, junto a la chimenea, donde chisporroteaba un alegre fuego. Imposible resistirse a la llamada de aquellas estanterías cuya madera labrada en forma de ramas entrelazadas parecía crecer como algo vivo, vegetal, mágico, y enredarse para anidar con mimo centenares de libros de encuadernaciones antiguas y heterogéneas. A diferencia del resto del castillo, se notaba que sus moradores pasaban mucho tiempo en aquella habitación de mullidas alfombras, suelo entarimado y luz suave. Antes de tomar asiento frente a Bruce MacTavish, le pareció que los títulos de los libros no seguían ningún orden establecido y que en aquel fabuloso espacio, que hubiese hechizado a la bella Alice, compartían estante en amigable contraste ensayos sobre botánica y aventuras clásicas, diarios de exploradores británicos y fantasía épica o libros de historia antigua y teatro, entre otros muchos géneros literarios y grandes autores de épocas pasadas.

Lodge, el joven mayordomo de prometedor futuro criminal que le había abierto la puerta, depositó en una mesita un servicio de té, bollos con mantequilla, sándwiches de pepino y *scones* antes de retirarse. Paciente, Bruce MacTavish contestó las preguntas sobre el clima, las últimas reparaciones del tejado, el seguro patrimonial, los preparativos de

Yule y las actividades agrarias del cercano pueblo de Menzies mientras su invitado vaciaba dos tazas de té y una bandeja entera de bollos. Satisfecho, David se sirvió una tercera taza y se reclinó en la butaca de orejas para disfrutar de la confortable sensación del calor de la chimenea con el estómago lleno.

—Cuando yo era muy pequeño —empezó el señor MacTavish tras un momento de silencio, quizá temeroso de que David se quedase dormido—, su abuelo, el editor Edward Willoughby, y sir Arthur Conan Doyle pasaron varias semanas del mes de octubre de 1901 en Gaoth Tuath. Mi padre siempre hablaba con cariño y respeto del señor Willoughby, decía que le prestó un gran servicio durante esas vacaciones. En cambio, solía refunfuñar cada vez que le preguntaba por el creador de Sherlock Holmes.

—Porque sir Arthur siempre pescaba los mejores salmones y a William eso lo sacaba de quicio —dijo alegremente un soldado de Su Majestad el rey Jorge acercándose al fuego tras abandonar la penumbra de las estanterías más alejadas.

Parecía un hombre en la treintena, con grandes patillas a la moda de principios del siglo XIX y un brillo pícaro en la mirada que combinaba con la gallardía con la que lucía la brillante casaca escarlata de las guerras napoleónicas, las cartucheras al cinto, la espada en el costado del fajín, los calzones blancos, las botas altas y el sombrero militar.

David, que conocía bien la naturaleza de los seres que aparecían de repente en los castillos escoceses vestidos con ropajes anacrónicos, carraspeó, un poco inquieto, e inclinó la cabeza para saludar al recién llegado.

—Mi madre opinaba que a mi abuelo se le daban mejor los libros que la pesca del salmón —dijo con educación.

Bruce MacTavish se sobresaltó e intercambió una rápida mirada de alarma con el soldado de las guerras napoleónicas.

—¡Diantre! Este larguirucho de Edimburgo me ha oído —exclamó el militar.

—También puedo verle, señor —afirmó David.

—¡Ja! Vaya con el doctorcito, que mal viento me lleve. Capitán Archibald MacTavish —se presentó haciendo el gesto de levantarse el sombrero de la cabeza pero sin moverlo ni un milímetro.

—Doctor David Willoughby, historiador y agente de la Oficina de Rescate de Patrimonio Escocés.

—Y nieto del editor Edward Willoughby, por lo que me ha dicho mi tatarasobrino.

—Disculpe al tío Archie..., quiero decir, al capitán MacTavish —intervino Bruce recuperándose de la sorpresa inicial—. No estamos acostumbrados a que nadie más que mi hijo y yo podamos verle. ¿Sabe lo que es?

David asintió.

—Pero ¿cómo es posible?

—No estoy muy seguro; es algo que me pasa desde pequeño y parece que lo heredé de mi abuelo Edward.

—De un editor puedes heredar cualquier disparate —intervino el fantasma, muy animado—. Es imposible que estén por completo en sus cabales tratando a diario con todos esos seres extraños y sobrenaturales que escriben poesía y otras lamentables ficciones. Una vez, en Inverness, me encontré con John Murray. Se había quedado medio bizco por culpa de las cartas que le enviaba Lord Byron contándole sus correrías de faldas. Aunque las malas lenguas decían que lo que de verdad le fastidiaba era esa fijación de sir Walter Scott por preguntarle intimidades sobre Jane Austen.

—Tío Archie, David no es editor.

—Alabemos a los dioses por semejante regalo. No estoy sordo, ha dicho que es agente de seguros.

—Historiador —puntualizó el aludido—. Trabajo para la Oficina de Rescate de Patrimonio Escocés, diseñando e implementando planes de conservación y rescate de castillos, jardines y cualquier otro patrimonio histórico.

—¿Los salva con sus fantasmas dentro o primero los destierra? —preguntó el tío Archie con desconfianza.

—Lo único que hago es sentarme en un sótano sin ventanas de Edimburgo a leer y escribir informes.

—¿Seguro que no es editor?

—Disculpe al tío Archie —repitió Bruce fulminando con la mirada a su pariente—, es un poco despistado.

—Ni caso, muchacho. Cuéntanos por qué puedes verme si no eres un MacTavish.

David había tenido su primer encuentro con un ente sobrenatural durante una visita escolar a Saint Andrew's House. Tenía nueve años, iba a séptimo de primaria y, como Saint Andrew's House era la sede del gobierno escocés y estaba llena de burócratas y cargos públicos, el pequeño Willoughby no supo diferenciar al fantasma del resto de los vivos que trabajaban allí. Fue años después, en la Universidad de Edimburgo, cuando conversaba con un espectro victoriano que tuvo la delicadeza de recomendarle algunos títulos sobre apariciones para que pudiese investigar sobre su maldición sobrenatural, cuando comprendió que aquel calvo con corbata y pintas de estresado que intentaba echar mano a la cartera de todos los que subían y bajaban la escalera de la segunda planta de Saint Andrew's House no era el secretario del Tesoro.

Formaba parte de la naturaleza excéntrica y flemática de David no alterarse con facilidad por las peculiaridades de su familia, pues, al fin y al cabo, una de sus tías abuelas había sobrevivido al hundimiento del Titanic porque aseguraba ser una sirena, otra se había enrolado en un circo como tarotista, un primo de su bisabuelo solía hablar con los orangutanes y otro viajaba con regularidad en el tiempo aunque era incapaz de llegar puntual a ningún sitio. Así que, en cuanto se aseguró de que su visión fantasmal en edificios históricos no tenía nada que ver con la cantidad de cervezas que se había tomado en el pub con los amigos, consultó con su madre, quien, entre circunloquios, le informó de que su abuelo padecía la misma afección. Sin embargo, la bibliografía que al respecto le había proporcionado el fantasma victoriano resultó ser imprecisa, equivocada o ambas cosas a la vez. Solo en el *Manual para excursionistas y observadores de troles* de James MacBryde, David había encontrado una posible explicación, por otro lado incompleta porque el texto se había borrado parcialmente a causa de la humedad y los estragos del tiempo, y, por si fuera poco, en suelo británico no existían más copias del mencionado volumen.

—Es por algo de la refracción de la luz del norte en los ojos grises y un gen druida hereditario que se remonta a Atenea, la diosa de la sabiduría e hija predilecta de Zeus, que también tenía los ojos de ese color. —David esperaba que a los MacTavish no les pareciese tan absurdo como sonaba porque no tenía argumentos más sensatos que ofrecerles—. Más o menos. Lo leí en el ensayo de MacBryde. Las páginas donde desarrollaba su teoría sobre el color del iris humano y la refracción de la luz a partir de según qué meridiano y algo más de tradición celta resultaban ilegibles. Pero como mi abuelo tenía los ojos grises y los míos se parecen tanto a los suyos, llegué a la conclusión de que eso sería lo más cerca que estaría nunca de una explicación científica.

Bruce MacTavish asintió tranquilo, como si no le importase demasiado la cuestión siempre y cuando David no estuviese allí para exorcizar a su pariente. A David, por su parte, le pareció que a un hombre que tenía un castillo, una espada enorme sobre la chimenea del salón, bajo el lema *Vincere draconis,* y que estaba acostumbrado a hablar con su tatara-tío muerto más de un siglo atrás no debía impresionarle que toda la herencia familiar de un historiador consistiese en el color gris de sus ojos.

—Antes, cuando le he dicho que su abuelo hizo un gran servicio a mi padre...

—Fue por el *cù-sìth* —lo interrumpió impaciente el tío Archie—. Ha vuelto.

David sintió que un escalofrío le subía por la espalda y le ponía todos los pelos de punta. Un *cù-sìth* era un perro hada, un can sobrenatural y espantoso que se dedicaba a aullar por las noches en los lóbregos páramos escoceses. Según la leyenda, era anunciador de la muerte, y si tenías la mala fortuna de oírlo debías resguardarte antes de su tercer ladrido, pues, de lo contrario, te esperaba una agonía terrible y espantosa.

—El perro infernal de mi abuelo —murmuró recordando el tarjetón que Bruce MacTavish le había enviado—. A eso se refería. —Se sintió aliviado de no tener que desafiar en duelo a Bruce MacTavish porque no había llevado consigo ninguna espada gigante en la maleta—. Durante la visita de mi abuelo y sir Arthur Conan Doyle ocurrió algo relacionado con la leyenda del *cù-sìth* —aventuró.

—No, muchacho, lo que ocurrió fue el *cù-sìth*—puntualizó el tío Archie—. Nos ocurrió a todos, aunque Bruce, que aún no andaba, no se acuerda de nada.

—¿Por eso sir Arthur Conan Doyle escribió *El sabueso de los Baskerville*?

—Decía que se había inspirado en la leyenda de Black Shuck, el perro fantasma de la región de Cromer que maldijo la tumba de Richard Cabell en 1600 —aclaró Bruce.

—¡Y un cuerno! —El tío Archie estaba muy indignado—. Escribió el argumento la misma noche en la que Edward Willoughby desterró al *cù-sìth* de nuestras tierras.

—Sea como sea, los MacTavish agradecimos a sir Arthur que no sacase a relucir nuestro castillo ni nuestro clan en su relato de detectives.

—Pobre de él que no hubiese mantenido el pico cerrado: lo habría perseguido y atormentado por toda la eternidad hasta lograr que cambiase su relato del chucho fosforescente.

—¿Puede salir del castillo? —se extrañó David ante la amenaza atormentadora del tío Archie—. Por lo que tengo entendido, los fantasmas familiares suelen estar ligados a la piedra ancestral de sus clanes.

—Puedo ir hasta el límite de las tierras de los MacTavish, y pongo a Belcebú por testigo de que no necesito más.

—Siempre que no se haya terminado el oporto —Bruce suspiró—. En todo caso, doctor Willoughby, tenemos sospechas de que, en las últimas semanas, un animal de gran tamaño sale del bosque y se acerca hasta el castillo amparado en la oscuridad de la noche. Lo hemos oído aullar en la oscuridad y hemos visto sus huellas en la tierra húmeda a la luz del día. Lodge, mi hombre de confianza, se niega a preguntar a nuestros vecinos, los Campbell, si han visto algo, por miedo al ridículo, y yo no sé bien cómo plantearles la cuestión.

—¿No tiene buena relación con los Campbell?

—Rencillas de clanes escoceses.

—Y de sus malditas ovejas —gruñó el fantasma.

—¿El ganado también sufre de alguna afección sobrenatural? —se sorprendió David.

—¡Por todos los dioses, muchacho! Espabila. Son ovejas normales y corrientes, de las que comen hierba, cagan bolitas y huelen a rayos y centellas cuando llega la primavera y se meten en los prados que no les pertenecen.

Bruce MacTavish apaciguó la apasionada arenga de su antepasado espectral y volvió a pedirle que se atuviese al caso concreto que los ocupaba. Clavó en los ojos grises de Willoughby su mirada triste mientras le explicaba con más detalle lo poco que sabían del animal que rondaba sus tierras por las noches, fuese o no sobrenatural.

—Como le decía, mi nuera y mi hijo están a punto de llegar para las vacaciones de Yule y no quiero que se preocupen por nada.

—Voy a ser tataratío otra vez, muchacho —dijo el fantasma con una sonrisa satisfecha, e intentó darle un codazo para llamar su atención, pero no consiguió más que traspasar la chaqueta de pana con coderas de David sin mayores consecuencias—. Y no queremos que ningún chucho infernal maldiga al futuro jefe del clan de los MacTavish, ¿eh?

—Pero ¿por qué me han llamado? Soy historiador, no sé nada sobre cómo espantar a un *cù-sìth*, si es que es un *cù-sìth*.

—¿Y qué iba a ser sino? Esas huellas son enormes y ya no quedan lobos —se lamentó el capitán MacTavish—. Los malditos cazadores los exterminaron a todos sin piedad en 1680, mal rayo los parta.

David dejó la taza de té vacía sobre la mesita e insistió en su disculpa.

—Tal vez piensen que poseo habilidades parecidas a las de mi abuelo, pero lo cierto es que no llegué a conocerlo, murió antes de que yo naciese, y, que yo sepa, no dejó memorias o diarios sobre sus actividades paranormales.

—¿Como editor?

—Como cazaperros infernales.

Bruce MacTavish suspiró cansado, se puso en pie y volvió a tender la mano a su invitado, quien se apresuró a levantarse para estrechársela.

—Confío en usted, doctor Willoughby, estoy seguro de que encontrará la forma de solucionar este misterio. Y quizá ese *cù-sìth* no sea más que un lobo escapado del zoo de Inverness o un perro salvaje, y nos hayamos dejado llevar por el romanticismo de este lugar, de nuestra historia. Si me disculpa, el tío Archie lo acompañará en la guardia de esta noche y contestará a todas sus dudas. Anoche no dormí bien y, a mis años, la falta de descanso me pasa factura. Por favor, baje cuando quiera a la cocina, he dado instrucciones para que le preparen la cena. Nos veremos mañana, para el desayuno. Quizá en la biblioteca encuentre algún libro que le sea de ayuda, aunque ya le avanzo que el título más esotérico que tenemos es un ejemplar muy maltratado de los cuentos completos de los hermanos Grimm.

David pasó el resto de la tarde en la biblioteca, encantado con los libros de historia hasta que el ruido de sus tripas le recordó mirar el reloj de pulsera. Agarró el único ejemplar en el que había encontrado una lejana alusión a las criaturas sobrenaturales de las Highlands, un mamotreto muy tocado por la humedad y el tiempo encuadernado en verde botella, y bajó raudo a la cocina del castillo. La nueva cocinera, Madeline Fraser, resultó ser una chispeante joven de cabellos rubios y mejillas sonrosadas que cocinaba como los ángeles y hablaba con una alegría contagiosa. Sirvió a David un enorme plato de *haggis*, la típica combinación escocesa de carne, avena, cebollas, sal y especias, con una guarnición de puré de patatas y nabos agridulces, dos enormes hogazas de pan casero y pudin de ciruelas, acompañado todo ello de una botella de vino tinto y una sonrisa que iluminó las ruinas del pobre corazón roto del doctor Willoughby.

—Me marcho, señor. Espero verle mañana en el desayuno.

El historiador la miró atentamente por si descubría alguna duda en ese «espero verle», pero no encontró más que amabilidad y cortesía en las palabras de la joven.

—Eh, muchacho —lo sobresaltó el tío Archie entrando en la cocina a través de los fogones—. ¿Crees que es un *brownie*?

—¿El perro del infierno?

—No, hombre, esa chica.

—A mí me parece un ángel —dijo David. Apuró su copa de vino tinto y se sirvió un poquito más para quitarse los malos presentimientos de encima—. Oiga, no he encontrado nada de utilidad en la biblioteca sobre el *cù-sìth* más que este volumen de mitos y leyendas escocesas. —Levantó con esfuerzo *Guía del club del té para viajeros de los páramos escoceses* de Siobhan Larraby—. Y le aseguro que no tengo ni idea de cómo diferenciarlo de un lobo o de un perro rabioso o de una oveja muy furiosa.

—Lo sabrás cuando lo veas, muchacho.

—Pero, en el caso de que sea un ente sobrenatural —expuso imprimiendo a las dos últimas palabras todo el escepticismo del que fue capaz—, ¿cómo nos enfrentaremos a esa... cosa?

—¿Qué sueles hacer cuando te encuentras con un fantasma belicoso?

—Conversar con él.

—Bien, pues cuando un perro del infierno de ojos rojos como los de Satanás, colmillos capaces de atravesar a un elefante de un único mordisco y garras de dragón se abalance sobre nosotros para hacernos trizas, confío en que, con tu graciosa labia, lo invites a tomar el té en la biblioteca para charlar sobre las probabilidades de cerrar este caso amigablemente.

—¿Usted cree?

—¡No! —le gritó el tío Archie—. Revisa tu estrategia, muchacho.

—Es que no tengo ninguna. ¿Cómo lo hizo mi abuelo?

—No tengo ni la menor idea. Aquella noche no salí del castillo.

—El jefe del clan MacTavish, sir Arthur Conan Doyle y mi abuelo habían organizado una partida para cazar a un perro del infierno ¿y usted prefirió quedarse en el castillo? No puedo creer que la eternidad sea tan entretenida como para perderse una ocasión semejante.

—¿Qué parte de las garras y los colmillos no has entendido, muchacho? Por no hablar de la leyenda, ya sabes, de que si lo oyes aullar por tercera vez te espera una muerte lenta, dolorosa y horrible.

—Pensaba que usted ya estaba muerto —dijo David con suspicacia.

—Eres un poco repelente, ¿no? Termina ese vino, abrígate y vamos afuera. Te llevaré hasta las huellas que hay al borde del bosque. ¿Adónde vas con ese mamotreto?

—Es el único libro que he encontrado en la biblioteca que hace alguna referencia al *cù-sìth*. En él se dice que la criatura se alimenta de las maldiciones y el odio, pero un tal reverendo Collins, en 1812, anotó al margen de esta página: «La desesperación de las *banshees*».

—No hay *banshees* en Escocia, muchacho. Ese tal Collins o era irlandés o andaba muy perdido o ambas cosas a la vez.

—No creo que se refiera a eso —contestó David, pensativo.

—En todo caso, deja ese librejo ahí. No te va a servir de mucho contra el *cù-sìth*.

—Podría darle fuerte en la cabeza con el ensayo de la señora Larraby; tiene la consistencia adecuada.

—O usarlo de lastre y tirarlo para correr más deprisa cuando notes su aliento infernal en el cogote.

Lloviznaba cuando salieron al exterior y hacía casi el mismo frío fuera que dentro del castillo. David protegió el libro en el bolsillo interior de su abrigo para que no se mojase, se anudó con firmeza la bufanda y, a la luz de la linterna que Lodge le había prestado con un inquietante entusiasmo en cuanto le explicó para qué la necesitaba, dio la vuelta al edificio y atravesó el prado posterior siguiendo las indicaciones del fantasma. Había visto en el almanaque agrario de la cocina que la luna estaba casi llena, pero el cielo seguía tan encapotado que apenas había más luz que la de la lejana granja de los Campbell.

Se detuvieron al borde del imponente bosque de coníferas y aguzaron el oído. Más allá de la llovizna, los animales nocturnos ululaban con suavidad y continuaban con sus actividades, cualesquiera que fuesen. A David le pareció que unos helechos cercanos se agitaban, pero cuando los enfocó con la linterna no vio más que retazos de musgo de un verde reluciente y tierra negra.

—¿Qué buscas ahí, muchacho?

—Hace algunos años, leí que los *ghillies dhu* solían salir a pasear por la noche. Podríamos preguntarles...

—¿También crees en las *selkies* y los *kelpies*?

—Pensaba que estábamos buscando un sabueso sobrenatural.

—Una cosa son las leyendas, los espíritus y los fantasmas, como ese sargento decapitado de Eilean Donan Castle o la Dama Verde de Dunnottar, pero de ahí a creer que tenemos duendecillos en el bosque...

—Antes me ha preguntado si pensaba que su cocinera era un *brownie* —protestó David.

—Porque es guapa y hace magia con las galletas.

—Me estoy calando hasta los huesos, no entiendo su clasificación de los seres fantásticos y me temo que las pilas de la linterna empiezan a fallar.

De pronto, se oyó un aullido que hubiese helado la sangre en las venas al mismísimo tío Archie si hubiese tenido sangre, venas o algún tipo de signo vital. Historiador y fantasma se quedaron paralizados al borde del bosque caledonio, armados con una linterna languideciente, el tocho de la señora Larraby y un súbito desinterés por seguir discutiendo sobre seres fantásticos escoceses. Algo se movió en la espesura, una bandada de cuervos salió volando en dirección a las tierras de los Campbell y las lechuzas guardaron un sospechoso silencio. Les pareció como si la propia tierra negra temblase al intuir un galope raudo procedente de la espesura. Lo que fuera que hubiese allí dentro volvió a soltar un aullido descarnado, terrible, largo como una noche invernal. Y se aproximaba.

—Muchacho.

—¿Sí? —A David le castañeteaban tanto los dientes, por el frío, la lluvia y la inquietud, que apenas podía articular palabra.

—Corre.

—¿Qué?

—¡Que corras, maldita sea! Hacia el castillo, cagando leches. No sé tú, pero yo no pienso quedarme para invitarlo a bailar. He contado dos aullidos, al tercero estamos condenados.

David puso en práctica el sabio consejo del tío Archie y salió disparado casi al mismo tiempo que veía, con el rabillo del ojo, que el fantasma se desmaterializaba en la oscuridad. Entró por la puerta de la cocina, echó el pestillo y se desmadejó sin aliento sobre la silla en la que había estado cenando apenas media hora antes. Puso sobre la mesa el maldito tocho de Siobhan Larraby y apuró el culo de vino que quedaba en la botella sin siquiera utilizar una copa. Cuando volvió a abrir los ojos, se encontró con que el capitán MacTavish también había regresado.

—Uuuh, ha ido de poco, ¿eh? Un tercer aullido y muerte y condenación. —El fantasma se rio mientras se pasaba el dedo índice por el cuello en una alegre imitación de un degüello.

—No sabemos lo que era —dijo David con el ceño fruncido y el aliento casi recuperado—. No lo hemos visto.

—Si quieres volvemos a salir y le llevamos la cena.

—Por hoy ya hemos hecho bastante, estoy cansado.

—Sé lo que necesitas.

El tío Archie le dio instrucciones sobre cómo encontrar la botella de whisky que Madeline guardaba en la alacena y lo animó a servirse un par de dedos, aunque no tuvo que insistir. David, que seguía con el abrigo puesto, se bebió de un trago el aromático líquido ambarino y volvió a llenar el vaso. No estaba seguro de si el agradable calorcito que le subía desde las tripas se debía al whisky o a la carrera desde el bosque, pero empezaba a sentirse más animado. Abrió el libro de la señora Larraby por el capítulo «Seres que acechan en la espesura y cómo escudriñarlos entre las hojas del té» solo para quejarse con amargura de que no encontraba nada sobre la existencia de los *coin-sìth*.

—Mírate, muchacho —lo riñó el tío Archie—, eres un manojo de contrariedades. Has leído todos esos libros sobre castillos e historia y mitología, pero no te has molestado en viajar por estas tierras para comprobar sobre el terreno si todo eso que cuentan es cierto.

—¿A qué contrariedades se refiere? —preguntó David pensando que el tío Archie había querido decir «contradicciones».

—¡La mía! Tienes la posibilidad de ver cosas extraordinarias y te quedas encerrado en una biblioteca.

—Usted no conoce a la bibliotecaria.

—Guapa, ¿eh? —se animó el fantasma.

—Bellísima. Y lista y amable y a punto de casarse con un dentista de Galloway.

—¿Y no deberías hacer algo al respecto, muchacho?

—Creo que usted lleva demasiado tiempo bajo el mismo techo que ese mayordomo tan siniestro.

—Ah, Lodge es inofensivo. Aunque, por si acaso, no molestes a la joven cocinera.

—¿La *brownie*?

—Lodge anda muy enamorado de ella.

—¿Cómo ha sido capaz de darse cuenta?

—Porque ese joven está más alegre que de costumbre.

A David se le ocurrían muchos adjetivos sobre el carácter de Lodge, como «lúgubre», «ladino» o «malhumorado», pero palabras como «alegre» o «enamorado» no encajaban con la personalidad del mayordomo, a menos que hubiese otro Lodge en el castillo y se tratase de otra de las confusiones del tío Archie. Pensó que la noche estaba resultando demasiado extraña para quedarse corto de whisky, de manera que se deshizo por fin del abrigo y la bufanda, y se sirvió un par de dedos más antes de seguir dando vueltas al misterio de la criatura que acechaba en el bosque.

—Temo que hayamos empezado la casa por el tejado —dijo al cabo de un momento—; salir del castillo por la noche y convertirnos en cebo de un *cù-sìth*, o lo que sea, no nos va a llevar a ningún sitio. La cuestión no es cómo echarlo de estas tierras. Lo estamos enfocando mal.

—Preguntémonos por qué ha vuelto ahora, después de tantos años.

—Quizá. Pero antes debemos aplicar los principios de Sun Tzu.

—¿Qué demonios es eso, muchacho?

—Un señor de China, del siglo v antes de nuestra era, que escribió *El arte de la guerra*. Pensaba que los clanes escoceses sabían mucho sobre eso.

—¿Sobre tratados del siglo v? ¿Pero cuántos años crees que tengo? Y si hubiésemos leído a ese tal Sun Tzu quizá nos hubiese ido mejor en Culloden.

—«Conoce a tu enemigo», dice Sun Tzu. Si encontramos una guía que...

—Ah, no, otra vez de vuelta a la biblioteca, no. Si piensas que vas a solucionar todas las cosas importantes de tu vida en una biblioteca no vas bien encaminado.

—Puede que no encuentre respuesta a mis problemas en

una biblioteca —concedió David al capitán—, pero leer me proporciona el arma más poderosa que existe en el mundo para encontrar soluciones.

—¿Una enciclopedia muy pesada para aporrear a los demás hasta dejarlos inconscientes? ¿Un tratado sobre la vida de los ingleses para aburrir a tus enemigos hasta que caigan inconscientes?

—Imaginación —dijo David levantando el dedo índice muy satisfecho de sí mismo—. De todas formas —añadió desinflándose un poquito—, no hay más títulos sobre criaturas fantásticas, excepto el volumen de la señora Larraby —se lamentó señalando el libro, que seguía abierto sobre la mesa.

—¿El de las anotaciones del reverendo irlandés sobre las *banshees*?

—Es una pista. ¿Tienen teléfono?

—¿Las *banshees*? —se horrorizó el tío Archie.

—Me ha parecido ver uno en el salón principal —murmuró David sin hacerle caso—. Voy a llamar a Alice.

—Ah, la bella bibliotecaria que va a casarse con otro.

—Sí. Aunque a estas horas no estará. Le dejaré un mensaje en la centralita, puede que el portero de noche todavía no se haya marchado a casa; no creo que ni allí lo aguanten.

—¿Vas a declararte a través del aparatejo ese? Ni que fueras inglés.

—Tiene razón, necesito un poco más de whisky.

—¡Así se habla, muchacho!

—Capitán MacTavish, ¿por qué Bruce parece tan melancólico? ¿También es por una mujer? Deberíamos sacarlo de la cama e invitarlo a beber para ahogar las penas.

—Te has dado cuenta. Pero lamento decirte que las penas como las que atormentan a mi tatarasobrino rara vez se ahogan. Ni siquiera se disuelven.

—Tiene la mirada más triste que he visto nunca y a su paso se marchitan hasta las flores secas de los jarrones de la biblioteca.

—Mi pobre Bruce —suspiró el fantasma— sufre sin medida. Katherine, su esposa, murió hace un año. Se hace el valiente, pero sigue de duelo. Ella era... toda su vida.

—Vaya, lo siento mucho. ¡En memoria de la señora MacTavish! —brindó solemne David antes de vaciar el vaso de un solo trago y servirse un poco más.

El vino de la cena lo había desinhibido lo suficiente para salir de excursión en plena noche en busca de un *cù-sìth*, pero el whisky se le estaba subiendo a la cabeza que daba gusto. Se sentía poderoso, exultante, capaz de resolver todos los enigmas sobrenaturales de Escocia y salvar por el camino sus mil castillos, jardines y lagos. Quizá estaba exagerando, pero le sentaba bien. Hasta que recordó que debía hacer una llamada telefónica antes de que se hiciese más tarde.

Con su metro ochenta y ocho desgarbado, sus botas de campo, su chaqueta de pana con coderas y media botella de whisky escocés entre pecho y espalda, al doctor Willoughby le resultó un pelín dificultoso subir la escalera desde la cocina, cruzar el vestíbulo, atravesar la puerta del gran salón sin tropezar con los muebles, los escalones, la alfombra o las punteras de su propio calzado. Sin embargo, la epopeya no fue nada comparada con el minuto y medio que le llevó insertar el dedo índice en el circulito correcto del teléfono y mover el disco hasta marcar el número que deseaba. Lo consiguió al quinto intento.

—Biblioteca Nacional de Escocia.

—Buenas noches, páseme con Alice Brown.

—¿Willoughby?

—Ah, es usted, Glencoe, ¿cómo le va? Espero que esté fuera de la garita; es demasiado estrecha para que quepan su soberbia, su antipatía, su esnobismo y ese uniforme nuevo de hombreras casi tan gigantescas como su ego. —Se sintió muy satisfecho de su clara pronunciación pese a la media botella de whisky—. Páseme con la señorita Brown —repitió.

—¿Qué ha dicho?

—¿Le dificultan la audición esos aires de grandeza que se gasta o acaso su estupidez le tapona los oídos? Que me pase con la señorita Alice Brown, extensión 245, en la sección de cultura clásica.

—¿Está borracho, Willoughby? ¿Sabe la hora que es?

—He bebido un poco, sí. Con mi amigo el capitán. —Saludó feliz al tío Archie, que flotaba a su lado y lo vitoreaba con entusiasmo.

—¡Eso es, muchacho! ¡La gloria es de los valientes!

—Pero sí que se ha hecho un poco tarde —dijo David sintiéndose magnánimo con Percival Glencoe III por un instante—. Así que coja papel y lápiz y deje a la señorita Brown un mensaje para que lo lea mañana por la mañana. Le daré tiempo para que arrastre su presuntuoso culo hasta la libreta. ¿Ya? ¿Lo tiene? Apunte: «Mi adorada Alice...». Subraye «adorada». «Te mereces algo mucho mejor que un dentista de Galloway...». Subraye «mucho mejor». «Alguien que comprenda el privilegio de escucharte cuando hablas sobre Tucídides y la guerra del Peloponeso mientras el hada verde de tu mirada se pierde más allá del pastel de ruibarbo...». Subraye «privilegio», porque lo digo con todo mi corazón. «Todo huele a café cuando no te tengo a mi lado». Agregue una postdata: «Por favor, Alice, busca, en la letra R de "Romeo no te conviene", el libro de Alistair Raleigh *Cómo deshacerse de un* poltergeist *y otras recetas de mi abuela*, y averigua qué tienen en común las *banshees* y los *coin-sìth*. Lo encontrarás en el capítulo sobre cómo cocinar un pastel de trol sin que lo roben las ardillas, o algo así. Y en cuanto tengas la información, llámame urgentemente a Gaoth Tuath Castle». Que me llame Alice, no usted, maldito arrogante. Buenas noches, Glencoe.

—No he entendido mucho esa parte del café, el ruibarbo y la guerra del Peloponeso, pero en general me ha parecido una carta de amor bastante bonita —lo animó el tío Archie en cuanto David colgó el teléfono.

—Creo que voy a vomitar.

La mañana del sábado se levantó luminosa y serena sobre la hermosa campiña de las Highlands. Costaba imaginar que el misterioso ser que los había aterrorizado la noche anterior fuese algo más sobrenatural que algún bicho espantoso ahora que, bajo la luz del sol y con la banda sonora de los escribanos nivales de fondo, habían desaparecido las sombras retorcidas y fantasmagóricas del bosque y todo brillaba tan feliz como en el final de *Blancanieves*. A David no solo le costaba imaginarse al *cù-sìth*, sino pensar en general, al menos hasta que la bella y encantadora Madeline le sirvió un gran vaso de agua con dos analgésicos, un plato enorme con huevos fritos, salchichas, judías, patatas al horno salpimentadas y una taza gigante hasta arriba de un café tan negro como el alma de Enrique VIII.

Casi restablecido, se abrigó bien, pues, pese al cielo despejado, el calendario seguía abierto por la página de diciembre y aquello eran las Highlands, y se arriesgó a salir a dar un paseo sin llevarse ningún libro con él. Recordaba el reproche del tío Archie sobre recorrer la buena tierra escocesa y conocer su hermoso patrimonio cultural y paisajístico en persona y fuera del papel.

Escogió un sendero de tierra oscura, con un poco de pendiente, que parecía evitar el corazón del bosque y subir hasta la suave colina al oeste de Gaoth Tuath. Pero apenas se había internado unas decenas de pasos en la espesura cuando Bruce MacTavish le dio alcance y le deseó buenos días.

—El tío Archie ya me ha puesto al corriente de su expedición nocturna.

—Señor, no vimos nada, no tenemos ninguna evidencia de que haya un *cù-sìth* merodeando por sus tierras.

—Aunque sí que oyeron sus ladridos y el movimiento de algo de gran tamaño abriéndose paso en el bosque hacia el castillo.

—Me temo que nos precipitamos dando por hecho que ese algo era sobrenatural. Fuimos presa del pánico.

—Pero la leyenda del *cù-sìth* y su abuelo y mi padre...

—Apenas sabemos nada, señor. No dejaron nada por escrito y usted era un bebé cuando sucedió. No queda nadie en el castillo que pueda proporcionarnos un testimonio oral.

—Excepto mi tío Archie.

—Sus recuerdos son confusos. Asegura que no salió del castillo aquella noche, aunque creo que es una excusa para no reconocer que ha olvidado lo que ocurrió. La memoria de los fantasmas es tan etérea como su sustancia, no podemos fiarnos de su testimonio.

—El capitán MacTavish murió en 1815, en la batalla de Waterloo. Es cierto que a menudo confunde acontecimientos y el pasado se le vuelve cada vez más borroso. Cuando yo era joven pensaba que se debía a que no prestaba atención al paso del tiempo, pero después de compartir con él tantos años comprendo mejor su naturaleza. Dice que usted tiene una teoría. Sobre el *cù-sìth* —añadió ante el silencio de David.

—No le va a gustar, señor. Además, no he encontrado ningún escrito que avale mis sospechas.

—Doctor Willoughby, me está diciendo que lo que no está escrito no existe y sé que no es así. Hay muchas cosas en este mundo que somos incapaces de dejar por escrito y, sin embargo, son tan reales como la belleza de estas tierras o el aroma de los *scones* recién hechos de Madeline Fraser.

—O el dolor de un corazón roto.

Con un ligero sobresalto, el anciano se volvió hacia David para mirarlo a los ojos.

—Lamento mucho la muerte de su esposa, señor MacTavish —se atrevió a decir David con un hilo de voz—. El capitán me lo contó anoche.

Bruce negó despacio con la cabeza y apretó el paso. Su espalda se curvaba con el peso de la pena, pero sus zancadas seguían siendo firmes y veloces para poner tierra de por medio entre él y el maldito historiador que había metido la pata recordándole su terrible pérdida. David, apenado, lo siguió más despacio, respetando la distancia, consciente de que el anciano necesitaba tiempo.

Compartieron el resto del camino en silencio, observados por un bosque casi callado a las puertas de las primeras nieves de ese nuevo invierno, y se detuvieron en la cima de un pequeño altozano. A su alrededor, hasta donde la vista les alcanzaba, prados, bosques y tierras de cultivo extendían sus dedos marrones y dorados hasta el pequeño mar de coníferas que los protegía.

—Mi padre murió cuando yo tenía doce años —dijo David en cuanto recuperó el aliento. Sentía que debía una explicación a aquel noble anciano que le había pedido ayuda—. Era la persona más importante de mi vida y me dejó. Estuve odiándolo durante mucho tiempo, como si fuese culpa suya haber sucumbido a la enfermedad, como si me hubiese abandonado a propósito. Hasta que comprendí que me aferraba a la rabia y al odio porque eran lo único que mantenía cerrada la presa que contenía un dolor monstruoso. Cuando se rompió, inundó mi vida, lo arrasó todo a su paso, no dejó más que la nada.

Bruce MacTavish tardó un poco en volver a mirarlo de frente. Cuando lo hizo, había recuperado la serena melancolía que lo caracterizaba.

—Voy al mercado y pienso que debo decir a Katherine que los Campbell han vuelto a mentir sobre sus fresas de invernadero. Miro ese horizonte algodonoso y casi apuesto en voz alta contra ella a que nevará antes del miércoles. Se me quedan atascados en la garganta un montón de comentarios estúpidos sobre mis nietos, sobre el extraño cortejo de Lodge, sobre el tejado del torreón norte y el color de las lilas secas que dejó en el salón. Todas esas cosas, pequeñas y grandes. Cada vez que regreso a casa o que me giro para encontrarla junto a mí en el camino, ella no está. No está. —Se le quebró la voz y necesitó unos segundos para continuar—. La sabiduría dice que somos seres completos, que no necesitamos a otro para sentirnos felices. —Volvió a concederse una pausa antes de añadir como una sentencia irrevocable—: Pero todavía estoy esperando que Katherine escoja, como cada año, su árbol de Yule.

—Lo sé —murmuró David contagiado por su tristeza—. Qué inmensa suerte haberse encontrado el uno al otro, señor.

A Bruce MacTavish le sorprendieron sus palabras. Tal vez estuviese acostumbrado a recibir el pésame de familiares, amigos y conocidos, pero era la primera vez que un agente de The Crow con un desmedido optimismo y un talento extraordinario para enamorarse de causas perdidas y bibliotecarias pelirrojas le señalaba que, por encima de cualquier pérdida, debía sentirse agradecido.

—¿Cómo consiguió salir adelante? —preguntó el jefe de los MacTavish tras un silencio prolongado—. No me diga que el tiempo lo cura todo, por favor, me parece un insulto.

—Cuando acepté la muerte de mi padre solo me quedaron dos opciones: o me hundía en la oscuridad o me enfrentaba a mi dolor y luchaba contra él.

—¿Y cómo se presenta batalla al dolor, doctor Willoughby?

David se pasó una mano por la cabeza, alborotándose el pelo, y sonrió para espantar tanta tristeza.

—Como un maldito escocés —gruñó con todo el coraje del que fue capaz.

Bruce soltó una breve carcajada, asintió y respiró hondo el aire puro de sus hermosas tierras. Pareció pensárselo un momento antes de confesar en voz alta:

—No estoy preparado todavía para tomar esa decisión.

—Señor MacTavish —los interrumpió Lodge. Con su genuino estilo de ninja asesino, el mayordomo había llegado hasta ellos con tanto sigilo que no se habían percatado de su presencia—, su hijo y su nuera acaban de llegar.

—Pues debería ir al castillo cuanto antes —dijo David para no parecer demasiado intimidado por la aparición de Lodge—, porque está visto que fuera de este bosque hay personas que todavía le necesitan, en pie y entero.

Antes de dar la oportunidad al jefe del clan MacTavish de recordar que tenía una espada gigante colgada sobre su chimenea con la que rebanar de un solo movimiento la cabeza de los historiadores que se metían donde no debían, David se apresuró a desandar el camino en dirección al castillo. Pero apenas había alcanzado a sacar unos metros de ventaja a Bruce cuando el terrible mayordomo, que parecía guardar todavía un siniestro as en su manga negra como ala de cuervo, gruñó en su dirección:

—El forense también tiene visita. —Se colocó al flanco del jefe de los MacTavish y suavizó el tono al reprocharle—: Podría haberme avisado de que albergábamos una convención hotelera este fin de semana, señor.

Cuando los tres hombres cruzaron el prado, con el castillo ya a la vista, los recién llegados seguían en la puerta disfrutando de la mañana despejada y charlando animadamente. Bruce MacTavish abrazó a su hijo pequeño y a su nuera y se los presentó a David como Robert y Sarah. Al historiador le costó un mundo reaccionar y presentarle a su vez a la hermosa pelirroja que había cruzado media Escocia para encontrarse con él en aquel castillo de leyenda.

—Soy Alice Brown —se adelantó la bibliotecaria estrechando la mano del anciano con una sonrisa que podría haber hechizado a cualquier rey de Inglaterra, Escocia e Irlanda—, una amiga del doctor Willoughby.

—Encantado de conocerla. ¿Ha venido para ayudarlo en su... eh... investigación?

—Le traigo el libro que me pidió —dijo mostrando *Cómo deshacerse de un* poltergeist *y otras recetas de mi abuela* de Alistair Raleigh.

Bruce los invitó a que subiesen a la biblioteca hasta la hora del almuerzo, que tendría lugar en el salón grande y al que, por supuesto, Alice sería más que bienvenida. Sin embargo, la bibliotecaria bromeó con que necesitaba tomar el aire y propuso a David pasear por el magnífico bosque caledonio antes de aceptar la amable invitación del señor MacTavish. Así que el historiador se vio de nuevo arrastrado por el camino del altozano, custodiado por abetos y tejos, como una Caperucita altísima y algo torpe que usase chaqueta de pana con coderas y tuviera una ligera tendencia a no creerse que el lobo fuera un *cù-sìth*.

—¿Me dirás algo o vas a quedarte catatónico para siempre? —le preguntó con cariño Alice mientras enlazaba su brazo con el de él sin dejar de caminar.

—Disculpa, es que... ¿Cómo has llegado hasta aquí?

—Cogí un autobús hasta Menzies, temprano, y cuando desayunaba en la cantina del pueblo las chicas Ferguson, unas hermanas muy simpáticas, se ofrecieron a traerme en su furgoneta. Robert y Sarah MacTavish han llegado casi al mismo tiempo que yo, y menos mal porque me daba un miedo espantoso preguntar a ese lúgubre mayordomo dónde podía encontrarte.

Eran muchas las razones por las que David Willoughby estaba perdidamente enamorado de Alice, como que utilizase con naturalidad palabras como «lúgubre», su adorable manía de mojar el pastel de ruibarbo en el café mientras se quejaba de todos esos libros que la gente nunca retornaba a tiempo o que se hubiese plantado en Gaoth Tuath Castle con *Cómo deshacerse de un* poltergeist *y otras recetas de mi abuela* de Alistair Raleigh bajo el brazo como si aquello formase parte de su rutina habitual.

—Está bien, seguiré hablando yo.

—Disculpa.

—David Willoughby, sé que conoces muchas más palabras además de «disculpa».

—Oh, mierda.

—Muy bonito. —Alice se echó a reír, y el bosque le devolvió alborozado el eco de su risa porque los árboles todavía recordaban el último desfile de las hadas camino de otras tierras—. Glencoe me dio tu mensaje —dijo manteniendo la sonrisa—. Tenías razón, encontré la relación entre las *bans-*

hees y los *coin-sìth* y otros seres sobrenaturales asociados a la muerte: se ven atraídos por el dolor y la pérdida, además de ser invocaciones resultado de una maldición. Te he traído el libro de Raleigh para que lo compruebes tú mismo.

—¿Qué parte del mensaje te pasó Glencoe?

—Dijo que te había dado una especie de ataque, que lo habías insultado. Y luego me trasmitió el mensaje completo, sin dejarse ni una coma —confesó la bibliotecaria al cabo de un momento—, incluidos los subrayados.

David estuvo a punto de repetir una disculpa, pero se contuvo a tiempo de parecer más imbécil de lo que ya se sentía en ese momento.

—Glencoe es un maleducado y te trata fatal —siguió ella—. Se lo tiene bien merecido.

—Alice...

—Está bien, no pasa nada. Nadie me había dicho nunca algo tan bonito a través de la caligrafía impoluta de un portero esnob.

—Y además tiene una buena caligrafía, cómo no —se indignó David—. Espera, ¿has dicho que te pareció bien mi mensaje de anoche?

—Tus indicaciones para encontrar la información eran muy claras, excelentes —bromeó ella.

El historiador pensó que nunca la había querido tanto como en ese preciso instante, valiente y entera, a punto de decirle lo que ya leía en sus ojos verdes y apenados: que no estaba enamorada de él. Prefirió ahorrarle el mal trago.

—No importa. Olvídalo, Alice.

—No te mereces eso, David. No voy a olvidarlo sino a guardarlo como algo precioso y único. Pero, sintiéndolo mucho, no puedo corresponderte. He dado mi palabra a otra persona.

—Alice, todo lo que dicté anoche a Glencoe por teléfono hubiese preferido contártelo en persona. Pero soy un cobarde.

—No digas eso, no lo eres. Estás aquí a la caza de un *cù-sìth*. O una *banshee*. No es misión para cobardes.

—No hay *banshees* en Escocia, no les gusta este clima. —El historiador respiró hondo, tragó con dificultad el nudo que le atenazaba la garganta, ocultó los pedazos de su corazón roto detrás de un intento de sonrisa y cogió de la mano a Alice. No se convertiría en un pesado llorón, ella no se lo merecía—. Ven, te enseñaré la biblioteca del castillo. No contiene tantos ejemplares como la tuya, pero es extraordinaria. Y te explicaré un poco mejor todo este lío del sabueso infernal y por qué debo solucionarlo antes de que termine el fin de semana.

Y para cuando se dio cuenta de que Alice había dicho que había dado su palabra a otra persona, pero no su corazón, ella se había soltado de su mano y volaba camino del castillo, dejándolo aturdido, inquieto y desolado en medio de la espesura como uno de los bandidos románticos de las novelas de sir Walter Scott.

—¿Por qué nos acompañan las damas? Esto no es ningún pícnic —se quejó el capitán MacTavish flotando a dos palmos del suelo.

Se había vestido para la ocasión con el tartán de su clan, iba armado hasta los dientes como si hubiese asaltado el National War Museum y lucía una expresión belicosa que hubiese resultado muy intimidante de no ser por las ridículas polainas verdes y azules que, en opinión de David, le restaban credibilidad.

Todos los habitantes del castillo excepto Madeline Fraser, seguramente la única persona sensata en cien kilómetros a la redonda, se habían dado cita en el vestíbulo del castillo para salir de expedición. El plan inicial, apuntado por Bruce con discreción antes de entrar en el salón para cenar, había sido una excursión solo apta para caballeros, pero cuando a las ocho de la noche los cuatro hombres y el fantasma se habían encontrado, dispuestos para salir, resultó imposible ocultar la incursión nocturna a las señoras. Sarah MacTavish sufría insomnio gestacional y creía que un paseo por el bosque la ayudaría a descansar mejor. Alice había aceptado quedarse a pasar el fin de semana y, aunque la biblioteca del castillo le resultaba de lo más acogedora —después de horrorizarse, como requería su profesión, porque se comiese y bebiese en un lugar tan sacrosanto—, no estaba dispuesta a encerrarse a solas con los libros.

—Me sentiría como si siguiese en el trabajo —se quejó.

—Espero no arrepentirme al decir esto —confesó Robert asegurándose por enésima vez de que su esposa iba bien abrigada y de que Lodge había incluido dos termos de chocolate caliente entre el equipaje de la expedición—, pero por una vez y sin que sirva de precedente, estoy de acuerdo con el tío Archie.

—¿Con quién? —se extrañó su esposa.

—Es un teórico sobrenatural del siglo XIX—mintió David para echar un capote a Robert.

—De teórico nada, soy bien real —protestó el aludido—.

Y no sé cómo nos van a ayudar una bibliotecaria pelirroja y la joven lady MacTavish cuando el sabueso del infierno decida que ha llegado la hora de la cena.

—Todo irá bien —los tranquilizó Bruce anudándose una bufanda casi tan vieja como él antes de abrir la marcha rumbo a la noche.

—Dijo William Wallace antes de lanzarse a la batalla de Falkirk —masculló un Lodge más funesto que de costumbre.

El joven mayordomo, cargado con una mochila enorme, cerraba la marcha de aquel extraño cortejo. Los acompañaba a regañadientes, murmurando maldiciones cuando creía que las damas no lo oían, y solo porque el señor MacTavish, a quien profesaba una lealtad inquebrantable, así se lo había pedido. David sospechaba que el tintineo metálico de su equipaje no se debía precisamente a que llevase la mochila llena de cucharillas para el té.

Era una noche serena y estrellada, tan fría como cualquier otra noche de diciembre en las Highlands. El bosque dormía tranquilo, sin amenaza de viento que lo despertase, y a David le parecía que su pequeña expedición hacía demasiado ruido y que las linternas que empuñaban despertarían malhumorados a los duendes que, a buen seguro, descansaban entre los helechos, la hiedra y el musgo. Como Alice estaba enfrascada en una alegre conversación con el matrimonio MacTavish sobre vampiros y hombres lobo en la antigua Roma, apretó el paso a fin de alcanzar al jefe del clan y librarse de las canciones tabernarias del siglo XIX que el tío Archie cantaba a voz en cuello para, según sus palabras, quitar hierro al asuntillo de terminar devorados por un sabueso del inframundo. Robert, acostumbrado a ignorar al fantasma, sobre todo cuando se hallaba en compañía de otras personas que no podían verlo, seguía la conversación de las señoras sin inmutarse, pero al historiador todavía le faltaba práctica en el disimulo sobrenatural y le preocupaba quedar como un loco —todavía más, si eso era posible— delante de su adorada bibliotecaria si gritaba al tío Archie que deseaba que hubiese un sitio especial en el infierno para todos los que berreaban cancioncillas groseras.

—He estado pensando en lo que me ha dicho esta mañana —susurró Bruce para que los demás no pudiesen oírlo en cuanto David se puso a su altura.

—Siento haberle hablado así, señor, he sido un impertinente.

—Un poco, pero no es nada personal, les pasa a los mejores cuando acaban de llegar de Edimburgo.

—No me haga caso, soy un imbécil.

—Creo que es usted muchas cosas, doctor Willoughby, pero no un imbécil. La señorita Brown le diría lo mismo, si se lo preguntase.

—No crea, anoche le di buenos motivos para convencerla de lo contrario.

—El muchacho se declaró por telegrama —los interrumpió feliz el tío Archie trotando ante sus narices.

Había seguido al historiador en cuanto se había alejado, quizá dispuesto a continuar torturándolo con su recital; a la luz de las linternas parecía mucho más sobrenatural que de costumbre aunque, por suerte, había dejado de cantar.

—Por teléfono. Y no me declaré —lo corrigió David.

—Por la regia nariz del duque de Wellington que sí lo hizo.

—¿Le han dado calabazas? —se interesó Robert, que acababa de incorporarse al grupo de vanguardia—. Sarah me ha echado —se disculpó por la interrupción—. Dice que la agobio.

Su padre movió la cabeza con resignación, pero se volvió para comprobar que Lodge cerraba la marcha.

—Quizá no deberías preguntarle ochenta veces al día si se encuentra bien, hijo.

—O si quiere galletas —dijo el tío Archie.

—O si necesita otra manta.

—O si ha visto a algún gato —se animó David.

—Es por la toxoplasmosis —aclaró el pobre Robert.

El fantasma se adelantó un poco y se sentó sobre las ramas más bajas de un pino.

—En mis tiempos —dijo—, solo nos preocupábamos de que hubiese suficiente oporto en la bodega para celebrar la llegada del bebé, y tampoco nos ha ido tan mal.

—Tío Archie, tú no tuviste hijos.

—Por eso deberías poner mi nombre a uno de los tuyos, Robert.

—Eso ya está decidido. Si es niña se llamará Megan, y si es niño, Henry.

—¿Henry? —se horrorizó el espectro—. ¿Qué clase de nombre de rey inglés es Henry? Luego no te quejes si se convierte en recaudador de impuestos, en novelista o en algo mucho peor: en abogado.

—Chist, silencio. Quietos —los interrumpió Bruce—. Apagad las linternas.

No tan lejos como le hubiese gustado a David, la vegetación se agitaba para dejar paso a algo de gran tamaño. Algo que no tardó en localizarlos y soltar un prolongado aullido de tenebroso júbilo.

Al historiador le pareció que el suelo temblaba ligeramente al ritmo del trote infernal de lo que fuese que se aproximaba por su derecha. Nervioso, intentó repetirse el largo listado de sensatas razones por las que resultaba muy probable que los *coin-sìth* no hubiesen abandonado la calidez de las llamas del infierno por el frío diciembre escocés, pero por desgracia no se le ocurrió ninguna. Se había quedado en blanco cuando notó que una mano helada buscaba refugio en la suya. Tenía a Alice a su lado, su suave melena rozándole el hombro, su mejilla sonrosada muy cerca, las nubecillas de su aliento mezclándose con las suyas, y entonces se sintió capaz de cualquier cosa.

—Encendamos las linternas —propuso.

—Te has vuelto loco, muchacho —se horrorizó el tío Archie.

—Hagámosle saber que estamos aquí, que se acerque, descubramos qué es.

—No es un libro de la biblioteca, eso seguro.

—¿Cómo se enfrentaron nuestros antepasados y sir Arthur Conan Doyle a su sabueso del demonio? —preguntó Robert.

—Con el estoicismo de sesenta y cuatro años de era victoriana a sus espaldas —le contestó su padre, muy sereno.

—Con un diccionario seguro que no —dijo Lodge al ver que el historiador se sacaba un gran libro del bolsillo. A su favor, había que decir que se había apresurado a colocarse junto a Bruce MacTavish en cuanto este había dado la voz de alarma.

—No es ningún diccionario —lo defendió Alice—. Es *Guía del club del té para viajeros de los páramos escoceses* de Siobhan Larraby. Un clásico.

—¿Le preguntamos qué mermelada prefiere con los *scones* o le pedimos que nos pase la jarrita de la nata? —gruñó el tío Archie— ¡Espabila, muchacho, esa cosa se acerca!

—Cállese, no me deja pensar.

—No sé yo si estos paseos me irán bien para combatir el insomnio —intervino Sarah, más curiosa que atemorizada, del brazo de su marido.

Entonces Bruce MacTavish encendió su linterna y avanzó con firmeza con las largas y decididas zancadas que lo caracterizaban pese a su edad, con el fiel Lodge a su lado desgranando un rosario de imprecaciones en voz baja y quejumbrosa sobre el momento en el que le había parecido buena idea entrar a trabajar en Gaoth Tuath.

—Se trate de lo que se trate, seré el primero en hacerle frente —dijo el jefe del clan MacTavish—. Puede que todo esto sea culpa mía.

—Papá, no.

—¡Ni por todos los demonios del infierno, sobrino mío!

David soltó la mano de su pelirroja y se adelantó para cubrir el otro flanco de Bruce. El anciano lo miró con aprobación y, a la escasa luz que proporcionaban las linternas, al historiador le pareció que le guiñaba un ojo.

—Alguien me ha aconsejado hace poco —dijo el señor MacTavish con voz serena y templada— que por el bien de mi familia debo enfrentarme a lo que venga. Y vaya si voy a hacerlo. ¡Como un maldito escocés!

Fuera lo que fuese lo que se aproximaba había aumentado de velocidad, quizá alentado por la guía de las linternas en la oscuridad. A David le parecía sentir el tamtam de un trote poderoso retumbando en la negra tundra y el crujido de las ramas rotas y los arbustos profanados al paso de una enorme criatura. La tensión de esperar un segundo aullido le atenazaba los músculos del estómago y se le había quedado entumecida la mano que apretaba, como si de un poderoso talismán se tratase, el ejemplar de *Guía del club del té* de Larraby. Su mente racional se repetía que no existían los *coinsìth*, pero se trataba de la misma mente que veía y conversaba con el fantasma del capitán MacTavish, así que la cuestión era demasiado complicada para que proporcionase a David la seguridad que en esos momentos no sentía.

—«Moriremos, al menos, vestidos de armadura» —murmuró Bruce.

David supuso que en las Highlands siempre era un buen momento para recitar un fragmento de *Macbeth*, aunque cruzó los dedos de la mano que le quedaba libre para no terminar bañado en sangre como en la obra de William Shakespeare.

Una bestia enorme, oscura como la desesperanza, peluda, erizada de ramitas rotas y otros desechos vegetales, sucia de barro y precedida por una peste terrible a oveja mojada surgió a toda velocidad de las profundidades del bosque y, con un alegre ladrido de triunfo, se abalanzó sobre Lodge. David enarboló el libro de la señora Larraby por encima de su cabeza y cogió impulso para asestar un buen mamporro a la bestia, pero el todavía poderoso brazo de Bruce MacTavish lo detuvo en el aire. El historiador parpadeó confuso y, entre los gritos de pánico de todos los presentes y la llamada a la carga de los húsares de la caballería de Uxbridge del tío Archie, atendió a las órdenes del jefe de clan de que fijase el haz de la linterna en el amasijo de bestia peluda.

—Es un perro.

—¡A por el sabueso! —gritaba el tío Archie mientras desenvainaba la espada y arremetía a golpes fantasmales que atravesaban sin ninguna consecuencia tanto el cuerpo del animal como el de Lodge.

—¡Es solo un perro! —Bruce se rio, aliviado—. Un enorme terranova, si no me equivoco. Está sucio y desastrado, pero no es peligroso, mirad.

La bestia había dejado de lamer la cara del mayordomo para husmear entre el contenido de la mochila, que se había desparramado cuando el joven cayó al suelo. Encontró los termos con el chocolate y, con un ladrido tan potente que retumbaba hasta en el pecho de los presentes, jadeó de anticipación mientras mordía los recipientes de plástico duro.

—Creo que tiene hambre —dijo Alice.

—¡Hambre de nuestras almas! —seguía gritando el tío Archie, desaforado—. ¡A por él, mis valientes MacTavish! Que no se diga que nuestro clan se arredró ante la muerte y la ferocidad. ¡Todos juntos!

—Es solo un perro enorme —suspiró David aliviado por no tener que enfrentarse a un *cù-sìth*.

—Los terranovas pueden alcanzar los ochenta kilos y los noventa centímetros medidos desde la cruz, aunque parecen más grandes por todo ese pelo —los informó Robert adelantándose, todavía del brazo de su mujer, para ver mejor al animal.

—Este parece un cachorro. Fijaos en las patas.

—Un cachorro muy grande.

—Lleva collar —jadeó el mayordomo, quien, tras incorporarse, se afanaba en limpiarse las babas en la manga del abrigo.

—¿Puede leer alguna identificación, Lodge?

—Campbell —masculló el interpelado.

—A su servicio —sonó una voz a sus espaldas. Tres hombres bajitos, de aspecto fornido y muy desabrigados, estaban parados en medio del camino con cara de circunstancias a la luz de sus faroles portátiles de gas—. Buenas noches, MacTavish.

—Campbell —saludó Bruce con una leve inclinación de la cabeza.

—¡Demonios! ¡Fuera de nuestras tierras! —gritó enfurecido el tío Archie, a quien, a esas alturas, lo mismo le daba atravesar con su espada a un perro infernal que a los vecinos.

—Es nuestro nuevo perro ovejero —explicó el mayor de los tres Campbell. Iba en mangas de camisa y parecía demasiado tranquilo para estar allanando una propiedad privada con nocturnidad y alevosía—. Se escapa casi cada noche por más que arreglamos una y otra vez la cerca del prado, y eso que lo encerramos en el establo o en su caseta.

—¡Morid, bellacos! —seguía gritando el tío Archie mientras repartía mandobles con mucho estilo—. ¡Volved al infierno del que nunca debisteis salir!

Para entonces, el cachorro de terranova se había rendido a los encantos de la señora MacTavish y a las galletitas saladas que siempre llevaba en el bolsillo para combatir las náuseas del embarazo. Robert, probablemente preocupado porque no recordaba si la toxoplasmosis únicamente se asociaba a los gatos o también tenía algo que ver con los perros, había dejado solo a su padre en el encuentro vecinal e intentaba, en vano, alejar a la bestia peluda de su esposa.

—Siento haber entrado así en tu bosque, Bruce —se disculpó al fin el mayor de los Campbell en un tono de voz tan desapasionado que lo mismo podría estar recitando la lista de la compra.

—Te hacía falta un perro ovejero, John —admitió el jefe de los MacTavish—. Pero para evitar que tus ovejas se escapen y entren en el prado del vecino, no para acompañarlas en sus incursiones.

—Tendrás que reconocer que te he ahorrado un dinerillo en cortacéspedes.

—¿Qué hacen en el bosque a oscuras? —preguntó uno de los jóvenes Campbell.

—Estirar las piernas —se apresuró a responder Bruce.

—Hace una buena noche —lo apoyó David.

El Campbell de más edad se encogió de hombros y sonó un poco sarcástico cuando aventuró:

—Espero que las correrías de Archie no os hayan asustado.

—¿Archie? ¿Le ha puesto Archie de nombre al *cù-sìth*? —El capitán MacTavish, que se había enfundado la espada y practicaba el tiro al blanco contra las cabezas de los Campbell con sus dos pistolas, se detuvo a medio recargar las armas, súbitamente indignado por lo que acababa de escuchar.

—Si yo tuviese un perro del infierno lo llamaría Lodge —le susurró David para consolarlo.

—No tiene ninguna gracia, muchacho.

—¿Por qué iba a asustarnos una bestia enorme y peluda aullando a media noche en la oscuridad del bosque? No somos supersticiosos —mintió Bruce como el buen propietario de un castillo escocés encantado que era, en respuesta a la duda de Campbell padre—. Pero me alegra haberlo aclarado.

—Dejaremos que el cachorro duerma en casa con nosotros, señor MacTavish. Sentimos las molestias —intervino uno de los jóvenes Campbell, que también iba en mangas de camisa y cuya única concesión al frío de diciembre era el diminuto y desgastado pañuelo rojo de algodón que llevaba anudado al cuello.

Los dos hombres mayores se estrecharon la mano con seriedad, se dieron de nuevo las buenas noches y, cada uno por su lado, se marcharon de regreso a sus respectivas residencias. Otra historia fue convencer al perro Archie de que se separase de lady MacTavish y siguiera a sus amos.

Los huéspedes de Gaoth Tuath decidieron por consenso que ya habían tenido bastantes aventuras y misterios nocturnos y emprendieron la marcha de vuelta al castillo. Para animar a Lodge, Bruce propuso pasar por la cocina y acompañar los maltrechos termos de chocolate con algunas de las deliciosas galletas de Madeline antes de irse a la cama. Aunque resultaba difícil, y no por la oscuridad del bosque, discernir cualquier gesto de alegría en la lúgubre expresión del mayordomo, pareció que la promesa de visitar la cocina lo alentó a caminar más rápido.

—Me apuesto lo que quieras —dijo Alice a Willoughby— a que cuando redactas propuestas de actividades económicas para el mantenimiento del patrimonio histórico no se te ocurre incluir estancias de fin de semana en un castillo del siglo XVIII con excursiones nocturnas para cazar *coin-sìth*.

—No importa lo que proponga —suspiró el historiador—, nada se implementa. Tarde o temprano, estas buenas familias perderán sus propiedades, sus jardines, sus lagos y bosques, porque es imposible mantener un patrimonio histórico tan valioso. Tengo tantas ideas..., pero parece que nunca dispondré de presupuesto para rescatar nada de nada.

—Siempre hay esperanza, David —le susurró la bibliotecaria.

Apoyada en su brazo, se puso de puntillas y lo besó con suavidad en la mejilla antes de contestar a la llamada de Sarah, que la reclamaba a su lado para que siguiese hablándole sobre vampiros y hombres lobo romanos.

Los cuatro hombres y el espectro se quedaron un poco rezagados, recomponiendo filas y dignidad tras haber salido en plena noche en busca de una criatura sobrenatural y verse arrollados por el cachorro de terranova de los vecinos.

—¿Creéis que volverá? —preguntó Robert.

—El *cù-sìth* no se rinde hasta que no se cobra su pieza —sentenció muy serio el tío Archie.

—Me refiero al terranova.

—Eso era un señuelo. No deberíais bajar la guardia.

—¿Sobre la botella de oporto que papá guarda en la biblioteca?

—¡Sobre el *cù-sìth*! Es que tengo que explicároslo todo. —Pese a su malhumor, el fantasma parecía mucho más tranquilo tras haber dado rienda suelta a su fervor guerrero—.

No sé qué sería de vosotros si yo no estuviese aquí para velar por vuestra seguridad.

—Vamos, tío Archie —lo riñó Robert adelantándose a su padre y a David—, es tarde, ve a supervisar las mazmorras del castillo o algo. Deja que nos tomemos en paz una buena taza de chocolate caliente y unas galletas en la cocina sin tener que disimular que algunos oímos tus locuras.

—¡Ingrato! Espero que Henry sea abogado. Y de los mejores. —Agitó el puño derecho—. Hasta un bebé te diría que el *cù-sìth* sigue suelto por ahí.

Bruce MacTavish escuchó con media sonrisa la apasionante discusión que se desencadenó entre su hijo menor y su tataratío sobre perros sobrenaturales y ovejas rebeldes hasta que se perdieron camino adelante, tras Lodge, de regreso al castillo. Acomodó su paso al de David y disfrutaron un rato del recién retornado silencio nocturno, solo quebrado por el crujido de sus botas hollando piedrecillas, raíces y la buena tierra escocesa.

—Usted, doctor Willoughby —rompió el silencio antes del doblar el recodo que pondría a la vista Gaoth Tuath—, al igual que mi hijo Robert, también cree que no era más que un cachorro travieso. Pero no puedo quitarme de la cabeza su teoría, y me pregunto...

—Nunca llegué a contarle mi teoría, señor.

—No es usted el único que conoce el folclore de estas tierras. —El anciano sonrió—. Se le ocurrió que, quizá, la criatura había aparecido a raíz de mi pérdida, alentada por mi dolor. ¿Me equivoco?

—No. Pero no hay ninguna criatura —dijo David—. Solo ese perro y el fantasma del capitán MacTavish, cuya existencia nos hace preguntarnos si las leyendas fantásticas de nuestros antepasados también son reales.

—Prometo que le llamaré a la Biblioteca Nacional si volvemos a oír el aullido del *cù-sìth*.

—Pero no salgan a buscarlo de nuevo, por favor. Y si encuentran al fin la explicación de lo que ocurrió con sir Arthur Conan Doyle, su padre y mi abuelo, estaré encantado de que la compartan conmigo.

Bruce le aseguró que así lo haría. Ante ellos, Gaoth Tuath Castle era una silueta oscura recortada contra el paisaje velado de una noche despejada. Sus torreones se alzaban elegantes y sombríos hacia el cielo estrellado, sus arcos insinuados en la distancia, y las tinieblas nocturnas apenas rotas por la tímida pero cálida luz que Lodge había dejado colgada en la puerta del castillo para guiar a su señor de vuelta al hogar; como una promesa firme de que todavía lo esperaban.

—Doctor Willoughby —retomó la palabra el anciano MacTavish en cuanto salieron del bosque—, hace un momento no he podido evitar oír su conversación con la señorita Brown, su lamento por el poco éxito de sus esfuerzos profesionales.

David carraspeó nervioso, avergonzado porque su anfitrión, además de oír sus lloriqueos, también hubiese visto su cara de tonto cuando Alice lo había besado. Decidió que estaba demasiado oscuro para que el jefe de los MacTavish hubiera sido capaz de sacar conclusiones al respecto y escuchó a Bruce volver a disculparse por haber oído su conversación con la bibliotecaria.

—No se rinda, doctor Willoughby —dijo el anciano—. Quizá la clave esté en el trabajo de campo, como ha hecho usted este fin de semana. Visite ese patrimonio en riesgo de quiebra, entrevístese con sus propietarios, con quienes llaman «hogar» a esos edificios, personalice todos esos informes que dice que ha redactado con nombres, apellidos, circunstancias... Y pregunte también al fantasma de cada familia —añadió, tal vez recordando alguna arenga del tío Archie—. Aunque poseen una memoria un tanto brumosa, conocen a fondo el estado de la propiedad que habitan.

David asintió en silencio, al amparo de la oscuridad. Había pasado un fin de semana increíble en Gaoth Tuath, pero necesitaba algo de tiempo para reflexionar a solas sobre todo lo que había significado. Quizá no hubieran encontrado ninguna criatura sobrenatural, pero se sentía como si hubiese ayudado a poner la primera piedra contra el avance de un dolor tan incontenible como la llegada de las primeras nieves de ese invierno.

Antes de entrar en el castillo, volvió la vista atrás, hacia el majestuoso bosque caledonio, y más allá, hacia las suaves colinas azules y aquella línea del horizonte tan negra que parecía imposible que, en unas horas, se volviera rosa tocada por los dedos de la aurora.

Lodge los esperaba en el vestíbulo, dispuesto a hacerse cargo del abrigo de su señor y escoltarlo hasta la cocina, pero Bruce pidió al historiador que, antes de disfrutar del calor del horno y del refrigerio de Madeline, lo acompañase un momento a la biblioteca.

—¿Qué va a hacer ahora, doctor Willoughby? —le preguntó el jefe de los MacTavish con interés mientras subían la escalera y dejaban atrás al contrariado mayordomo.

—No lo sé, señor.

—Está bien —Bruce sonrió a la tenue luz de la lámpara de pie del pasillo—. Cambiaré mi pregunta: ¿Qué le gustaría hacer?

—No me arrepiento de trabajar para The Crow, estoy donde quiero estar.

—Entonces deje de culpar a la Administración. Y no olvide que todo sistema se cambia desde dentro. ¿Va a intentarlo?

—Seguiré su consejo y haré trabajo de campo.

Bruce MacTavish entró en la biblioteca, fue hasta su escritorio, sacó un gran libro encuadernado en rojo y se lo tendió a su invitado.

—Tenga, para usted.

—Es magnífico, señor, muchas gracias —dijo el historiador mientras acariciaba la suave cubierta. Apreció la encuadernación cosida a mano y los remaches dorados. Luego lo abrió—. Pero... está en blanco.

—¿Y no es ese el mejor de los principios?

Nunca resulta sencillo volver a la oficina después de pasar un fin de semana con la mujer de tus sueños en un castillo escocés a la caza de un perro infernal.

Caían los primeros copos de nieve en Edimburgo cuando David entró en la Biblioteca Nacional con su acostumbrado paso torpe, si bien con el firme propósito de no dejarse desanimar por la falta de presupuesto. Le había prometido al capitán Archie que lo visitaría antes de la primavera, para aliviar el aburrimiento del que el fantasma aseguraba que se moriría, porque para entonces se habría olvidado de las alegres festividades de Yule y no tendría más que al taciturno

Bruce para charlar. El anciano, por su parte, le había asegurado que sería abuelo a principios de marzo y que estaría encantado de que se quedase a pasar unos días en el castillo para contarle cómo iba esa catalogación *in situ* de los tesoros patrimoniales de Escocia y de los seres sobrenaturales —vivos, muertos, aburridos o mitológicos— que lo poblaban. David había prometido que regresaría a Gaoth Tuath a condición de que los MacTavish le mandasen de vez en cuando uno de esos tarjetones marrones con el escudo de armas de la familia sobre el lema *Vincere draconis* y una invitación a la altura de cualquier investigación sobrenatural que se les ocurriera.

—Buenos días, Glencoe —saludó distraído al portero, todavía pensando en los MacTavish, mientras lo dejaba atrás para dirigirse hacia la escalera que bajaba a su sótano.

—Doctor Willoughby —lo interceptó el aludido saliendo de detrás del mostrador de recepción—. Tiene correo.

—Gracias.

No fue hasta que entró en su despacho, se deshizo del abrigo y la bufanda, y se instaló en su silla tras el escritorio, a punto de dar el primer sorbo de té de la mañana, cuando David cayó en la cuenta de que Glencoe lo había llamado «doctor». Enrojeció hasta las orejas, en parte de vergüenza al recordar los improperios etílicos que le había dirigido la noche del viernes y en parte de satisfacción, y anotó mentalmente que debía una disculpa formal al envarado portero. Quizá subiría a mediodía, después de invitar a comer a Alice. Si algo había aprendido durante el fin de semana en Gaoth Tuath —además de distinguir un cachorro de terranova de un sabueso del infierno— era que estaba en sus manos esconderse o salir con una linterna a desafiar al destino. Puede que no tuviese mucho que hacer contra un dentista de Galloway, pero ya no ocultaría que estaba enamorado de una bibliotecaria de cultura clásica que ponía patas arriba cualquier estadística de la teoría de Littlewood, si uno tenía la suerte de contemplarla aunque fuera un par de veces al día.

Terminó su taza de té, sacó de la cartera el enorme libro encuadernado en tapas rojas que le había regalado Bruce MacTavish y lo colocó sobre la mesa. En aquel sótano sin ventanas en el que ninguna luz natural tocaba su superficie, el viejo y magnífico volumen parecía encontrarse justo en el lugar que le correspondía.

David escogió un rotulador dorado de punta gruesa y, con letra firme y optimista, escribió en su portada:

Breve guía para mi sucesor sobre castillos y jardines
Doctor David Willoughby, The Crow

Lo de «breve» era una broma, por supuesto. El libro tenía unas quinientas páginas, que, por cierto, David pensaba aprovechar hasta los márgenes. Aunque esa futura guía seguía en blanco, cuando leyó en voz alta las palabras «mi sucesor» no pudo evitar sentir que estaba llena de esperanza.

—Heme otra vez aquí. De vuelta —susurró en el despacho vacío—. Para trazar nuevos caminos lejos de toda esta vieja selva administrativa.

Lanzó una mirada desafiante alrededor del atestado despacho, asintió convencido y sacó pecho.

—Como un maldito escocés —añadió triunfal.

Agradecimientos

Una antigua tradición inglesa reunía a las familias y amigos junto a la chimenea para escuchar cuentos de fantasmas en Navidad. Siempre he deseado escribir uno de esos cuentos, pero lo que nunca imaginé es que se me abrirían con tanta generosidad las puertas de la fabulosa librería Gigamesh para compartirlo con todas mis lectoras y lectores... ¡con té y galletas! Siento toneladas de gratitud por Antonio, Alba, Anna, Óscar y sus compañeros, que hacen posible esa magia libresca y un poquito oscura de Gigamesh. Sois fabulosos. Pero este libro tampoco hubiese sido el mismo sin mi amiga Laura Gomara, que me acompañó desde el principio, ni hubiese llegado a tantas personas sin el interés y la generosidad de las libreras y libreros de este país. Mil gracias a Elvira y Víctor, de Hojablanca; a Pamela, de Libro Ideas; a Soledad, de Bosque Mitago; a Librería Cala, a Herso, a Entre Páginas de Libros y a todas las librerías maravillosas que en Navidad quisieron que este cuento estuviese en sus baldas y que lo recomendaron pese a no tenerlo. Gracias a Estefanía (Narayani) por nombrar este título el primero en su lista de libros para regalar en Navidad. También en deuda con Javier

Morán, mi diseñador preferido del mundo mundial, por esta cubierta preciosa y todas las anteriores. Y en último lugar, pero siempre los primeros, porque sin ellos el hechizo nunca llegaría tan lejos, gracias al gran equipo de profesionales de Ediciones B y de Penguin Random House, que no solo lo hacen posible sino que también lo hacen bonito.

Este libro fue impreso
para dar calor a los corazones
en la Navidad de 2023-2024.